[韩] 黄麻瓜——著

拓四光 ——译

우리가 다시 만날
세계

再次重逢的的世界

南方传媒　花城出版社

中国·广州

图书在版编目（CIP）数据

再次重逢的世界 /（韩）黄麻瓜著；拓四光译 . --
广州：花城出版社，2023.5
ISBN 978-7-5360-9923-4

Ⅰ . ①再… Ⅱ . ①黄… ②拓… Ⅲ . ①幻想小说—韩
国—现代 Ⅳ . ① I312.645

中国国家版本馆 CIP 数据核字 (2023) 第 036485 号

著作权合同登记号：图字：19-2023-010 号

出 版 人：张 懿		编辑统筹：肖 恋	
责任编辑：郑秋清		策划编辑：徐 洒	
责任校对：李道学		技术编辑：薛伟民　林佳莹	
装帧设计：墨白空间·曾艺豪			

书　　名	再次重逢的世界	
	ZAICI CHONGFENG DE SHIJIE	
出　　版	花城出版社	
	（广州市环市东路水荫路 11 号）	
发　　行	后浪出版咨询（北京）有限责任公司	
经　　销	全国新华书店	
印　　刷	嘉业印刷（天津）有限公司	
	（天津市静海区岩丰西道 8 号路）	
开　　本	880 毫米 ×1194 毫米　32 开	
印　　张	9.5	
字　　数	135,000 字	
版　　次	2023 年 5 月第 1 版　2023 年 5 月第 1 次印刷	
定　　价	55.00 元	

目　录

第二部　再次重逢的世界

给中国读者的话

大家好，我是韩国科幻作家黄麻瓜，现居日本东京。"麻瓜"这个中文名是一位居住在中国香港的朋友帮我起的。不过我听说，在中国，"麻瓜"的意思是"不会魔法的普通人"。哈哈。

《再次重逢的世界》是我首部在中国出版的作品。它能在中国出版，背后还有一些令人意想不到的故事。2022年初，现就读于韩国延世大学的中国朋友 Flora 读过这部作品后，向我发出了采访邀请。并且，她把这部作品介绍给了在中国出版行业工作的朋友——拓四光。看过作品简介之后，拓四光马上着手落实了选题推荐及版权引进的工作，并亲自担任本书的中文翻译。

　　Flora 上高中的时候，班里包括她本人在内，一共有 39 名女同学。全班只有 3 名女同学是家里的独生女，其他同学都生在多胎家庭。而且其中有很多家庭都是前几胎是女儿，最后一胎是儿子。我还听说了一些有关女性生育剥削的报道。这些新闻让我觉得，无论是在中国还是在韩国，无论是为了女性的人权，还是为了阻止文化思想的后退，女性和弱势群体都应该站出来勇敢发声。

　　其实我没有想到《再次重逢的世界》会在中国出版，这本书是我以韩国的现实情况为基础创作的。和我们梦想中的世界完全不同，如今我们生活在一个诡异荒诞的世界。在这个世界里，我们从出生开始就一直被否定、被约束。我觉得，即使有再多的无可奈何，有些事情我们也不应该轻易翻篇儿，不应该让它们悄无声息地变成"之前发生的事件"。无论是为了未来，还是为了现在，我们绝不能对"之前发生的事件"置之不理。

　　我们正处在一个非常艰难的时代，严重的两极化、疫情、战争、种族灭绝等问题，每天都在上演。无法穿越回过去的同时，未来又在朝着加速倒退的趋势发展。面对这样的现实，如果我们选择视而不见，装作若无其事，最终留给我们的，就只有痛苦到极致的孤独感和丧失感了。我并不想见到这一幕。

我想通过科幻小说勾勒出一个我们未曾经历过的的世界，也许这个世界才是我们应该生活的地方。我知道中韩两国都有很多朋友在努力斗争，只为了让自己生活的世界变得更人性化一些，我对这些朋友深表敬意。虽然大家的处境各不相同，但为了人类共同体的生存问题，希望大家可以互相激励、互相帮助。如果我们每个人都期望着一个人类可以共同存活的世界，那么每个人的梦想就都会实现。我坚信，那个我们从未经历过的但会再次重逢的世界，一定存在于某个未知的新次元里。我们曾经错失的过去，总有一天会化身崭新的未来，带领我们进入一个全新的世界。同时，那些勇于发声、敢于斗争的人，也会带领我们找到那个世界。

第一部

1990 年生的蔡真理

对妈妈和我而言，
特别的 1990 年

1990 年对我们一家人来说，是特别的一年。

用六十甲子来计算的话，1990 年是庚午年。那一年，妈妈雷打不动喜欢了十几年的歌手——边镇燮，凭借一首超人气单曲成了年度歌手。妈妈在胎教日记中还提到过，边镇燮 1990 年发行的正规二辑，既是她的胎教专用音乐，也是我的诞生原声带。

据胎教日记记载，临盆前，边镇燮在妈妈心里的地位就已经重要到不可动摇了。由此，我还在妈妈肚子里的时候就把边镇燮的代表作背得滚瓜烂熟了，比如《再次走向你》《致淑女》《希望事项》等。据说我出生后的第一声啼哭，和《罗拉》这首歌的旋律很像，自然而然也就有了这个传说：我就是那个激情演唱着边镇燮的歌出生的孩子。妈妈爱这首歌爱到差点要给我取名为罗拉，但遭到了爸爸的强烈反对。边镇燮的影响也就此打住了。

"蔡罗拉这名字听起来怪怪的。"

关于取名，爸爸妈妈在我出生之前展开了热火朝天的讨论。讨论的时候爸爸一直没好气儿，妈妈也强烈表达着自己的不满。

"那是因为你的姓氏本来就很奇怪啊，'蔡'字后面加什么都不好听。"

爸爸当然不甘示弱。

"反正那些歌词我怎么看怎么不顺眼，'没有我的你将会多么孤单！'唱的什么呀，有你没我的。影响夫妻和谐！"

既然取名这场"战争"不可避免，妈妈自然也不会让步。

"如果跟着我姓崔的话就好多了，你不觉得'崔字后面加什么都很好听吗？"

所幸这场"战争"只持续到我出生前。如果他们不达成共识，我肯定有很长一段时间会处于无名状态。而且，爸爸觉得有必要在取名上达成一致的意见。

我从很小开始就听妈妈收集的边镇燮的音乐磁带。上中学之后，爸爸送了我一个MP3，我在里面存了好多边镇燮的歌，每年都会背着我爸定期听上那么一两次。不知道是不是受边镇燮的影响，我特别偏好那种忧郁风的抒情歌。

身边有我和妈妈这么热爱抒情歌的人，爸爸居然对音乐始终都不感兴趣。

"爸，你工作的时候怎么可以不听音乐呢？车也得有了音乐才能启动吧？我看你就是属于那种自行车生了锈也只会生拉硬拽的人。"

听了我的吐槽，爸爸忍不住跳脚。"你说什么呢！我当然喜欢音乐了，我是属于不挑类型的那种喜欢。看来你还不太了解你爸我是个包容力多强的人啊，所以人家才会说——喜好见人品。"

我学着搞笑漫画里的场景，把眼睛眯成一条缝望向爸爸。一个对万事万物都毫无兴趣的人，大体上就是我爸这样子的吧。对某件事情感兴趣的话就会产生感情，一旦有了感情执着就会随之而来，执着久了就会出现无法妥协的点。所以说，如果向往某件事，挑剔是自然而然的。通过我爸我算是明白了：没有挑剔点的包容力和毫不关心之间并没有什么区别。

一到周末，我就会看纯情漫画。那些都是我妈高中时候攒零花钱买的，现在可是我们家的传家宝。由于我妈的影响力实在过强，这十七年来，纯情漫画和边镇燮的歌曲就像一股猛烈的二十世纪八九十年代强风，席卷着我的生活。

最近的年轻人大多喜欢《心里的声音》、姜草[1]的《傻瓜》等类型的漫画作品。在我妈的影响下，和其他同龄人比起来，我的喜好就有些复古，复古到我甚至觉得和其他同学有代沟……

---

[1] 韩国漫画家，本名康道永，被誉为第一代网络漫画家。

　　妈妈一直坚信，这些她从高中就开始收集的漫画，总有一天会被赠予漫画博物馆，它们现在只是被存放在我家的仓库里。仓库像是一个休息室，保存着一些终将被博物馆收藏的宝物，同时它也是我家最清新干爽的一个角落。

　　我的爸爸蔡必林先生曾经是一位梦想着拿诺贝尔奖的科研工作者。不过，他现在只是"真理烘焙"面包店的老板（店名源于我的名字），追求着科学的面包制作技术。我爸做面包用的合成酵母，是他还在制药公司做研究员的时候研制出来的。他还说如果当初自己全心全意投入酵母研究，是会拿个抗癌诺贝尔奖的……

　　这酵母有点特别。里头添加的一种药物，据说可以治疗与疟疾症状相关的诺如病毒。他年轻时候还得过"抗病毒功劳奖"，不过现在奖杯已经积了不少灰了。他很是自豪，但实际上这款药的反响并不大。他觉得这是没得诺贝尔奖的缘故，在我看来这已经是他过分"谦虚"的表述了。

奶油羊角可颂是"真理烘焙"的招牌单品，香甜可口，我吃了十几年都没腻过。虽然消费者的口味挑剔又瞬息万变，但这款面包可以让他们的味觉回到最初的心动。奶油羊角可颂是支撑面包店坚实走过十七年的核心商品，同时也是我爸的自尊心。他做的面包确实好吃到让人赞不绝口，但我很少会直接说出来，因为每次一提到面包的事情，他就会飘飘然。不过说真的，吃多了连锁品牌的面包，再回头尝一尝我爸的手艺，会重新体会到世界的美好。

因为名字被大张旗鼓地印在面包店牌匾上，所以走到哪里别人都会叫我"面包店家的女儿"。我爸也总是没事儿就拿我的名字开玩笑，什么"面包即真理""追求面包界的真理"等。都是因为他，现在别人一听到我的名字，就立马反应过来：啊，你是那个面包店家的女儿。甚至还有很多人，在我开口之前，就已经知道我是谁了，因为我和我爸长得极像，就像是同一个模子烤出来的曲奇饼干。

"这才是一家人嘛。"

我爸对此很是欣慰。我不懂和家人挂相有什么好欣慰的，我只在心里嘀咕着。毕竟有些事情与个人意志和喜好都无关，从出生的那一刻就成了定局，要跟着你一辈子。所谓的一家人就是"板上钉钉"的例子。

推开面包店的门，会发现上面还贴着一段亵渎神明的玩笑话——执着追求真理的面包技术。这应该指的是"为面包奉献一生""有关面包的研究决不妥协"之类的意思吧？不论是面包店还是我，都被执着地贴上了"真理"二字。从这一点来看，我爸还真是个从一而终的人啊。要不然他就是头脑比较简单，所以才会一个名字使用到底。

我经常会挑衅他。

"做面包的真理到底是指什么呀？"

"这明显是个无解之题，做面包的真理就是要达到最高的境界，和修行差不多吧。"

我继续咬着字眼儿不放。

"一定要达到最高境界吗？好吃就行了呗。只要味道还过得去，就会有一堆人买账的，你看看我们社区的炸鸡店就知道了。"

这种时候我爸就会摆出一副好似通晓世事的姿态。

"我的女儿啊,这就好比是登山或者跑马拉松,有些事情是要坚持到最后才行的,也就是要到达终点。当然这过程也是无比亢奋的。追求顶峰的人和随便走走的人,那心态很不一样!爸爸可是到现在都抱着追求顶峰的心态在做面包。"

嗽,明明他自己之前还说过"所谓个体户就是指人生没有确切的保障,时不时就会跌入谷底"这种话。现在又来这一出,是想说跌入谷底也是通往顶峰的必经之路吗?不过有自信也是好事儿。

基于学区的缘故,我们把店开到了一个房租贵上天的社区里。为了支付昂贵的租金,我爸每天在店里忙得直不起腰来。但他觉得没什么,因为他认为我在这个学区里认识的朋友日后都是财富。拜托啊,老爸,这和学区有什么关系呢,只有真正的朋友才是我的财富好吗!

"爸,如果你年轻的时候,开发新药拿了诺贝尔奖，现在肯定会无比盛气凌人的。我觉得你现在这样就挺好的。啊，对了，我的蛋糕就拜托你啦。"

一年一度的生日，我很是期待爸爸的特制蛋糕。

出生日是个特殊的纪念日，点蜡烛也有了重要的寓意。我喜欢"祝你生日快乐"这种质朴的祝福，我也很喜欢每个月身边都有人过生日。不论是即将出生的还是已经出生的人，我都想为他们送上一份祝福。不过，这个话题其实蛮悲伤的。

因为，我的妈妈在1990年生下我之后，就撒手人寰了。

*

我的生日就是妈妈的忌日，又快到这一天了。每年忌日前的周末，亲戚们都会聚在公园开追悼会。今年我如以往一样，以忙为借口缺席了。一开始，亲戚们还会训斥我，后来慢慢也什么都不说了。

小时候大家都会说我是个"没妈的可怜孩子"，然后哭成一片，其实这让我特别有负担。稍微大一点之后，大家又会说"这孩子虽然没妈，但也好好长大了，真了不起"，这就让我更有负担了。这些人坚信"没妈的孩子就无法茁壮成长"，才会觉得我能正常长大简直是了不起。我觉得，这怎么听都算不上好话。

　　追悼会结束，我爸今年也同样是醉醺醺地回家了。我给他递了杯蜂蜜水。"爸，从明年开始我不会再给你递蜂蜜水了，生日那天我会去海拉家过夜。"我在心里发誓道。果不其然，他以"话说那时候"为起点开始发表重要演讲，和我预测的时间分秒不差。呵呵，我就知道。

　　"话说那时候啊，爸爸真的很忙很忙。我还没搞清楚状况，你俩就心急得不行啦。本来我打算三下五除二处理好手头的工作就开始休假的。谁知你连这都等不了，离预产期还有两天，就出生了。"

　　这是我家每年都会上演的传统节目。

　　"我现在让你停止演讲的话，是不是又要说我心急啦？"我打断爸爸的话。

"话说以英这个人啊，她真的很擅长跑步。"

我爸无视我的话，直接进入下一环节。这回我不说话，默默地听着。虽然听了这么多年，但关于我妈跑步的故事，每次听都还是觉得很搞笑。

"我打算求婚，谁知被你妈一眼识破。她说自己还没准备好，然后就跑了起来！她那个架势，简直就是一个短跑运动员，我根本追不上。"

每次听到这场戏，我都会笑出来。妈妈跑得满脸通红，爸爸在后面追，玫瑰花瓣飞得到处都是。想象一下，这完全是浪漫爱情喜剧的桥段啊！如果我爸的碎碎念都这么搞笑的话，我肯定每年都能忍住不吐槽他的。

"那天我就应该和你妈一起进产房的。"

今年也在这个时间点准确无误地进入了凄凉环节。

"不是，你又不是大夫，为什么每次都把自己说得像是妈妈的主刀医生似的啊。"

毫不留情地指责是我安慰他的方式。如果每年他不上演这么一出可怜戏的话，也许吵着嚷着要妈妈的人就是我了吧。我爸应该是为了让我更坚强一些，才

把自己搞得这么惨的。唉，这个大叔的心事已经明显
到可以被一眼看穿了。

"如果男人可以怀孕生子就好了，你说是吧？"

爸爸眼泪汪汪地说。我吃着爸爸打包回来的奶油羊角
可颂，指责道："差不多得了啊，今年你有点儿夸张了。"

今天的奶油羊角可颂比平时的要甜一些，也不是
统一包装的，应该是爸爸为我另做的。

"哭的时候就应该吃点儿甜食。爸，你今天做的面
包格外甜噢。"

他把我递过去的面包强行塞进肚子里，眼泪掉得
更厉害了。羊角可颂的酥皮碎渣掉了一地。

"以英真的很喜欢吃我做的羊角可颂来着……"

我默默叹了口气。

去年生日，爸爸为我准备了一场 party（派对）。
我和朋友们玩得很开心，开心到 party 结束后我甚至
都有负罪感，这是妈妈的忌日啊，我怎么可以如此开
心。但今年又走回了抑郁路线。唉，想要保持平衡还真
是挺难呢。

　　妈妈像独角兽一样只存在于我的想象之中，可她对爸爸来说却是活生生的回忆，我应该理解他才是。我心有不满地轻轻拍着爸爸的肩膀。可我也想妈妈啊，你就这么撇下我，自己一个人沉浸在回忆之中了？真是个不讲义气的大叔。砰的一声！我使劲儿拍了下爸爸的后背，回了房间。

　　爸爸经常沉浸在回忆旋涡里。我虽然也想念妈妈，但并不想一味沉浸在过去。妈妈无比热爱的音乐和漫画，对我来说才是现在。

　　也许因为妈妈的忌日就是我的生日，我总觉得自己传承了妈妈的人生。我也坚信因为有我，妈妈绝不只是一个已经消逝的存在。就像那些暂存在我家仓库里的漫画书，很快就会被送去博物馆作为宝物展出一样，妈妈的人生也通过我，延续到了未来。这是我出生时就肩负的责任。

　　回想起来，1990 年也是蛮好的一年。如果我未曾出生，那现在围绕在我身边的一切早就不复存在了吧。想到这里，我顿时觉得身边的一切看起来都有些伤感。

崭新的记忆

真理，明天学校见噢。

短信提示音轻快地响起，是勋宇。

我和勋宇是从去年开始交往的，因为我向他告白了。

朴勋宇特别实在，且想象力丰富。在他身上可以学到一点：理解他人时，想象力比学识更重要。

我喜欢古早的纯情漫画，勋宇喜欢老电影。虽然兴趣爱好不太一样，但我们蛮聊得来。有时候他会把一部很奇特的电影描述成独一无二的名作。从这点来看，他是个对奇特事物着迷的人。当然也有可能他只是和其他同龄男孩子一样，大脑空空罢了。

勋宇是一个自控力特别强的模范生，也是我们班男孩子中最善良的那个，当然这只是我个人的衡量标准。哪怕是开玩笑，勋宇也从不说贬低人的话，男生们也因此觉得他无聊至极。但我觉得这样蛮好的，我是无法接受男朋友是一个把恶语挂在嘴边的人，更别说每天和他一起成双出入了。那些爱把恶语当成玩笑话来讲的人，我都避之唯恐不及。

和勋宇初次见面时，他像一只可怕的树懒。

自松林高中举办开学仪式以来，我和勋宇不仅在学校同班，课后补习也是同班，甚至晚自习的座位都靠得很近。学习学到心浮气躁、腰酸背痛，肚子也饿得不行的时候，我就会想"所谓的人生到底是什么呢？受教育的最终目的又是什么呢？"，俨然变成一个哲学家。抛开考试不说，像复杂的数学公式和化学元素周期表这种东西，它们真的会对我的人生产生影响吗？像 sophisticated（老练的）或 incontrovertible（不容置疑的）这种我努力嵌入脑海，却依然感到很陌生的单词，在我离开这个世界之前会有机会亲口说一次吗？……抵不住的困意和厌世的想法一起扑面而来。等我睡得满脸都是头发印和书印的时候，左侧的勋宇一定会进入我的视线。

勋宇始终用同一种姿势埋头苦学，一动不动，真的很像树懒。树懒集中精力的时候也是静止不动的吗？那它还真是蛮可怕的动物。

为了让自己保持紧迫感，困意一袭来，我就会去找勋宇。然后就能看见他挺得笔直的后背，这样一来我就会被他勾起好胜心。渐渐地，找勋宇也就成了一种日常。

我盯着他看了好几天之后，终于忍不住先开口了。

"你是怎么做到注意力那么集中的啊？其实我已经盯着你看好久了，你都不知道吧？"

勋宇却浅笑了一下。

"你以为我不知道吗？"

"啊？你居然知道？"

勋宇扬起嘴角，含糊地搪塞着："就……"

这氛围着实让人怪难为情的，我和勋宇不约而同地将头转向了别处。

你以为我不知道吗？你以为我不知道吗？一个人的时候，我脑海里总是会浮现勋宇的这句话，还觉得有点晕乎乎的。原来再平常不过的一句话，一而再再而三地重复过后会变得如此有意义啊。我傻乎乎地拍着自己那颗狂跳不已的心，告诉自己不能再反复咀嚼这句话了。

在向勋宇告白之前，我把这事先告诉了我最好的朋友海拉，但遭到了她的反对。

"如果你们相处得不顺利，在毕业之前你都会很辛苦的。"

海拉把姐姐给她的建议转述给我。

"光娜姐姐和我说过，要了解一个人，需要时间去观察，一年左右刚刚好。有的人夏天活蹦乱跳的，到了秋天突然开始抑郁了，你甚至都会怀疑这是不是同一个人！"

"还有，一个人给你的第一印象，有可能是错觉。"

光娜姐姐是网漫作家，她的作品大多为日常类的漫画，却让二三十岁的年轻女性很有共鸣。她的建议很珍贵，就好比是先祖们留给后代的智慧。我非常虚心地接受了这些建议，也因此一直等到了去年秋天。

高一下学期开学后[1]，我一如既往喜欢着勋宇，所以就表明了心意。听完之后，勋宇向我浅笑。

"我一直在等你说这些。"

"啊？你从来没有想过要先和我告白吗？"

"我有想过，只是……"

"只是什么？"

"我觉得你的心意更重要。"

就这样，我拥有了一个难能可贵的男朋友。

和勋宇在一起之后，我看到了很多之前看不到的事物。通过一件小事，我强烈地感受到了他的固执之

---

1 和中国不同，韩国年度开学季一般为 3 月，9 月为同学年的第二学期。

处。油腻腻的炸薯条搭配香浓芝士酱，是他眼中的人间美味，这吃法我实在不敢苟同。非要一股脑儿地把又咸又重口味的食物倒进肚子里才能缓解饥饿感吗？也许对他们男生来说是一种心理安慰吧，觉得这么做可以提高免疫力。毕竟我们活在一个弱肉强食的世界里。

我也弄清楚了勋宇像树懒的原因。他的后背可以常年纹丝不动，是因为它背负着对未来无穷无尽的焦虑。人和人之间的距离真的是妙不可言，明明互相只是靠近了一点点，却看到了截然不同的面相。感觉昨天还对他无比了解，今天再看就又不一样了。人类可真是个多面体。近距离观察他人，我的人生维度好像也随之拓宽了。

勋宇和其他同学的关系，乍看起来很好，但他和我提过，男生们的世界是捕食者的丛林，是一场无人获胜的诡异游戏。听到这个说法我还是蛮吃惊的，但我喜欢他的坦诚。我们之间的对话也越来越有深度了。

"你可以高度集中注意力的秘诀是什么呀？"

"嗯，怎么说呢，我只是不想以后会后悔，毕竟明天和意外不知道哪一个先来嘛。"

勋宇的声音有些悲伤，和平时那个干净清爽的他大相径庭。

"我讨厌学校，考不上好大学，日子一定会不好过吧。可是考上好大学就一定会幸福吗？没有一个人在乎我幸福与否。我自己呢，即使知道这是场毫无意义的竞争，也没办法停下来。"

我也有这种虚无、无力和自责的感觉，不过我从未和任何人以任何方式提起过。通常谈到这些事情时，我都是随便说说、敷衍了事的，但在勋宇面前我选择袒露真心。

"其实我也一样，只不过我觉得可以把对某件事情的憧憬想象成类似穿越到未来的模样。毕竟人生比电影更加需要想象力！"

"你居然没有说'真不像个男人''你太敏感了，只会胡思乱想'这种话。"勋宇说完又补了一句，"谢谢你。"

我对着日后不想后悔的勋宇，同时也对着自己说出了这句话：

"未来会为什么事而后悔，现在无从得知。毕竟未来是我们还未曾踏足的世界。"

当然不会有人知道我们会因为什么事而后悔。因为曾经疯狂追逐的事物可能会在一夜之间变得毫无价值，原本微不足道的事物也可能会以非常可怕的势头变得重大无比。曾经疯狂不已的心会逐渐冷却，曾经不值一提的事情也会因为看待的角度不同而觉得有所改变。

有一天，勋宇和我说了这么一段话：

"我奶奶和我说过，我前面有三个姐姐。不对，是差点就有了三个姐姐。听完这话我就意识到，她们是因我而死的，至少我要活得让她们觉得自己没有枉死。"

连他人的人生重量也想一并承担，这样的勋宇在我眼里又变得不同了。我时不时会借他的眼睛去看待这个世界。该怎么形容呢，我们俩理解世界的方式不太一样吧。我觉得身边有一个截然不同的人还蛮重要的，因为我可以通过他的表达习惯和思维方式看到不同的世界。换句话说，每次和他人共情的时候，我对这个世界的认知就会被刷新一次。

与他人共情是一件既复杂又美妙的事，有时会有种没来由的乐观劲儿，有时又觉得些许沉重。

*

完了，我要迟到了！

闹钟早就过点了，我猛地从床上爬起来。

高二开学第一天居然就迟到，连给大家留个好印象的时间都没有！我动作快得就像是按了快进键。脑子里快速想象了几个画面。如果我还想挽救一下第一印象的话，看来之后的每一天都要在新同学面前好好表现了。我奔向玄关处。

"爸！你应该叫我起床的啊！这下要迟到了！"

家里空无一人的样子，没有回应。我踢开门直奔公交站。扑面而来的是 3 月初的冷风，吹得我哗哗流鼻涕。可真是个阴冷的早晨啊，冷到怀疑日历上的时间，很难想象这已经是春季了。

我狂奔着，两旁的风景还没来得及进入视线就已经被甩在身后，跑的时候脑子里全是自己泰然自若地坐在教室里的画面。

马上就要跑到公交站的时候，哐！短暂的震动感袭来。

地面震得好像快要塌陷一般，我腿都软了。

感觉像是地震。可是为什么会突然地震呢？难道我的人生就到此为止了？

那一瞬间，我的大脑开始像走马灯一样闪过各种不同的记忆。

"这些到底是什么记忆？"

它们像一幅壮阔画卷，在我脑海里流动。可这并不是我的记忆啊。

　　我马上拿出手机，手机信号显示正常，也没有任何未接电话。难道我刚才是贫血了吗？我在地上瘫了一会儿后，挺直身体坐起来。可周围没有警报声，也没有慌张逃跑的人。好像只要没人提起这件事，这场刚刚降临过的危险就可以被伪装成一起乌龙事件。

　　我脑海中再次浮现那种眩晕感，是很久之后的事了。如果那时候提前预知了这件事的话，我会选择逃跑吗？我该逃去哪儿呢？如果该逃离的是这世界本身，那我该怎么做才能避开危险呢？

　　我终于在最后一刻赶上了公交车。

　　坐上公交车后，我发现今天上学路上的风景好像格外不同。每次新学期开学那天都是如此吗？总觉得哪里不对劲。其他人的惊讶程度也并不亚于我的，大家脸上都是一副"突降陌生地"的表情，荒唐到如灵魂出窍一般。

　　大概三十分钟之后，我意识到所谓新开始，并不一定都是踏着轻盈的步伐，朝气满满地开始的，也有可能是从饱含悲观和绝望的一天开启的。

我从未想象过比现在还要糟糕的世界是什么样的，因为现在就已经够糟糕了。

"看来日渐崩坏也是一种变化。"

我在脑海里刻下了这句话，准备记到今晚的日记里。

日渐崩坏

2007年3月5日,我万万没想到高二开学那天会如此诡异。

课程开始五分钟前,我赶到了教室。我忙着掩饰自己的气喘吁吁,反而出了好多汗,用眼神和去年的同班同学打招呼,可他们并没有理我。我没放在心上。这时我发现了海拉,她已经在教室后方找好了座位。我坐到海拉后面的位子上,一边缓气一边擦汗。

"你是准备报体育系吗?这晨间运动未免强度过高了吧?"

"报什么体育系啊。"

海拉递过来2002年韩日世界杯的纪念款手绢,擦汗之余我还用它擦了擦鼻涕。

"欸，洗完手绢赶紧回来啊。"

海拉佯装发牢骚，但把镜子也一并递给了我。我帮海拉摘掉沾在她衣服上的头发以示感谢。

五年前让全国上下都为之沸腾的周边手绢，如今成了满大街都是的廉价单品。就算海拉再怎么没有审美，也不会花钱买这种手绢吧。海拉父母经营着一家有三十年传统的烤大肠店，这手绢一看就是店里剩下的赠品。就好比我家年末的时候像吃酸泡菜一样频繁地吃蛋糕，那都是圣诞节卖剩下的蛋糕。我看着这手绢，在心里想：历史性的瞬间终将会沦为日常，所以日常也可能总是带有一定的历史性吧。

我和海拉是彼此最好的朋友，虽然我们并不会时时刻刻都黏在一起。我们之间会保持一定的距离，这是达成共识的最舒服的关系，所以格外特别。和勋宇交往之后，我俩的友情也没有变化。有的人知道我和勋宇在一起之后一反常态，比如暗恋勋宇的人，或者想借勋宇和某个男生变亲近的人。反正就有那么几个人，不约而同都对我变了脸。和那些人比起来，海拉真的是一点儿变化都没有。我们之间的关系既需要对彼此的细心，同时也需要一些不被外界因素干扰的"漠不关心"。多亏我身边有海拉这么个爽快的朋友，我才能学到这一点。

海拉身边有很多姐姐，虽然不全是亲生的。所以她总是很老练地给我一些建议。我从来都是认真听取，因此遇事也总能做出最佳选择。

"有很多人把男朋友放在自己人生的第一位，结果却把自己的人生搞砸了，这一点你可要注意一下噢；全身心投入一件事情是没问题，但人生值得全身心投入的事情可不止一件；要平衡好同性朋友和异性朋友之间的关系，也要平衡好挚友和普通朋友之间的关系。"类似这样的话，我会像背考试范围一样把它们记到日记本里。

虽然刚刚还和我开玩笑，让我洗手绢，但看得出，海拉今天的侧脸格外发暗。

"你来啦?"

艺俊坐在海拉旁边，回头和我打了声招呼。我递了个眼神，他也回了我一个，这下我的心情好多了。艺俊经常听我和海拉闲聊，然后在奇怪的点嘿嘿嘿地乐，应该说是笑点比较独特吧，所以我挺喜欢他的。艺俊和我们不太一样，他的关注点在比较远的地方，喜欢看外国时尚杂志或是设计杂志。我身边有这种喜好的朋友，只有他一个。我是永远把眼前的事情摆在第一位的人，所以有时会觉得他这个人云里来雾里去的。不过，身边也得有一个这样的朋友才行。

"真理，同学们今天好像有点奇怪。"海拉压低了声音说道。

"怎么了？"

我好不容易平安无事赶到教室，光忙着抚平心绪都没来得及注意四周。海拉指了指那群聚集在窗边的男生。我深吸了一口气，顺着她指的方向看去。

"你看看他们。"

钟赫和其他几个男生聚在一起，正低声说着什么。

"今天早上，他们几个连招呼都没有跟我打。"

"开学第一天他们几个就有小秘密了？"

那几个男生看起来很严肃的样子。这时候，我在他们之间发现了勋宇。

"勋宇！"

我朝着勋宇摆了摆手，窗边的男生们慢慢抬起头看向我，可气氛却很诡异。勋宇和平常不太一样，他以一种很傲慢的姿态在和那些男生讲话，甚至看都没看我一眼。其中一个男生随意摇了摇勋宇的肩膀，一脸嘲讽地说："欸，她是你女朋友欸。"

勋宇一脸不耐烦地用力推开他："啊，这该死的人气。"

嗯？这感觉太陌生了。勋宇的表情很奇怪。我怒气冲冲地盯着勋宇，然后给他发了条信息：

"你这是在干吗？"

短信提示音响起后，勋宇低头看了看手机。钟赫却朝着勋宇发出了诡异的欢呼声。

“你小子可以啊！这么快就搞到手了？”

“所以呢？确定是她对吧？”

教室里的氛围越发让人不安。勋宇在其他同学的注视下朝我走过来。他走得很慢，可眼神却极为恐怖。昨天晚上我们还和平常一样在聊天，怎么今天他就判若两人了呢？以前他脸上从未有过这种表情，不舒服到让我觉得可怕。痞里痞气的走路姿势、歪着的脑袋、陌生的表情，勋宇看起来就像另外一个人。

“这人是你吗？”

勋宇话音一落，我马上就看向了海拉，她的脸色比我的还要难看，艺俊也从座位上站起来，切换成了一种防备勋宇的状态。看到他俩的表情我明白了：朋友就是看到相同的事物会相互共情的关系。海拉、艺俊都感受到了我的不安，只有勋宇是个例外。

勋宇把手机调到接收信息的画面，痞里痞气地问道：

“我问这个人是不是你？”

虽然他问话的声音并不大，但我感觉到蛮横无比。

"什么?"

其他同学都在不远处不声不响地注视着我们。从他们审视我和勋宇的眼神中可以看出:对于我们二人,每个人都有自己的记忆和认知。光看眼神就可以判断出,他们已经被分成了两个不同的阵营。

我朝着这个占用"朴勋宇"名字的皮囊走去,海拉和艺俊像是左右护法一样也各自向我靠近了一步。

我低声问道:

"你,到底是谁?"

*

"大家都坐下,开始上课了。"

历史老师走进教室,通知我们开学典礼延迟举行了,然后开始上第一节课。历史老师是我们高二学年的班主任。他看了我们一圈后提问道:

"知道我们学校在这学期开学前是男子学校的人举手。"

这是哪门子调查啊！可奇怪的是，勋宇和钟赫，还有两三个男生把手举了起来。

"知道我们学校马上就要变成男女合校的人举手。"

所有的女生，还有以艺俊和桂修为代表的几个男生举起了手。海拉举手提问道：

"老师，这些事情您是怎么知道的呢？"

历史老师一脸为难，他原本独特的低音今天听起来格外刺耳。

"我……算了，第一次举手的同学一会儿下课后到咨询室来一下。"

一大早就窃窃私语的男生们嘟囔着。

"老师啊，您可不能像对待我们那样对待女生啊。男子学校的老师们接下来会怎么做呢……"

钟赫讲着我们听不懂的笑话，气氛有种说不出的感觉。钟赫嘴里的"我们"并不包括我。这里之前是男子学校？他们到底在说什么呢？老师又为什么把话说得不清不楚的？

"开学典礼下午举行。晚自习也从今天开始，不参加晚自习的同学，需要提交补习班开的证明或是父母写的说明书。"

老师一直面朝黑板都没有看我们。

"这到底是怎么回事儿啊？"

同学们都面面相觑，互相交换的视线中交错着不同的图形，勾勒出一条隐秘战线。勋宇、钟赫和几个男生，还有班主任站在我们的对立面。所谓的"我们"并不包括我们，新学期的第一天就在这种奇怪的氛围下开始了。就这种班级，我还得在接下来的一年里把它称为"我们班"吗？

课程就在如此尴尬的氛围中展开了。我一条一条地回看之前和勋宇发的信息，那个陌生勋宇的手机里应该也还留着这些信息吧？信息里都是"想你""喜欢你"这种超级温柔的话。想到这些信息都被那个勋宇给看了，我心情真的是很糟糕。

同学们都在相互发信息，教室很安静，大家的手机聊天框却很是热闹。

——看起来不像是串通好的。

——那就是班主任和他们几个集体失忆了。

——看起来他们几个之间共享着同一份记忆。

恐怖感伴随着信息弥漫开来。就连老师的背影都让人觉得害怕，他就像一个把深渊抛之脑后，然后抱着必死的决心闭上双眼的人。

海拉发来了信息。

——该想对策的是那些有问题的人，我们没必要自我动摇吧？

海拉说得是。这里一切如旧，只不过班主任和那几个男生失忆了而已。

——搞什么呀，烦死了。

——好奇怪，觉得哪儿不对劲。

无声中堆积的短信越来越多。我合上了手机。

一抬头还是和以前一样，勋宇的背影又进入了我的视线，以后该怎么面对这个俨然已经不记得我的眼神啊。好绝望，为什么勋宇像变了个人似的呢？

今天班里的男生说之前并不认识我们，勋宇也是一脸第一次见到我的表情。一直同班的同学突然宣布之前从来没和我们相处过。

　　但是同学们，你们不觉得奇怪吗？你们大声喊着"从一开始就不认识你们""突然就忘了你们"就完事儿了吗？否定了我们的话，你们确定自己的时空还是完好无损的吗？就没觉得哪里不完整吗？这可能吗？

　　这些话我想问一问勋宇，问一问其他的同学，问一问班主任，问一问所有人。

两个世界

上课时间虽然一直被短信轰炸，但还可以忍一忍，课间和午休时间就不好过了。毕竟"他们"和"我们"之间俨然已是两个阵营。对我来说，"我们"就是难受时能一起共情的人，比如海拉、艺俊、桂修，还有其他女孩子。

于是，我想出了一个奇特的问候方式，互通姓名后还会确认一下对方的记忆——

"你好，我是蔡真理，我记得你。"

如果和对方高一时不同班，我就会换种方式——

"你好，我是蔡真理，我们去年在学校见过面，对吧？"

就算没见过也无所谓，女生们大部分还是会点头，因为只要不是转校生，之前多少肯定在学校里碰过面。

这样的同学就可以被归为"我们"阵营，是可以相信的。

相反，"他们"阵营里有些态度比较积极的同学会这么说："不记得也没关系啊，现在开始好好相处不就行了，你说是吧?"

在这种话面前，我们应该表现得波澜不惊，用不失礼貌的方式应对他们。但即使他们相对友好，也毕竟不是"我们"阵营的。

当然，在这之前人类也会被划分成"我们""他们"，这种归类没什么统一的标准。成绩好的人和成绩差的人，家境优渥的人和家境贫寒的人，对自己有用的人和对自己没用的人……我也会因为某个衡量标准被划分到某个圈子，也会有某个圈子是我拼了命都进不去的。这种归类标准真是无聊透顶。

我也有一套自己的划分标准。比如，看纯情漫画的人和不看纯情漫画的人，懂得自嘲的人和不懂得自嘲的人，可以坦然接受坏事、包容他人失误的人和反之行事的人……我觉得我的衡量标准更有趣一些。

但是这次的划分标准却有些微妙。一派主张我校曾是男子学校，一派认为我校曾是男女合校。明明是同一个世界，对其却有两种截然不同的解释，这样下去世界不知道会变成什么样子。像"你不是也知道嘛""那个时候不是这样的嘛"这类的话，以后应该没办法再说了吧。

有些话就应该被当作耳旁风，我却一直往心里去。那些男生总是会说一些让人尴尬到不知所措的话，还说得越来越大声。

"哎，这里的人怎么都这么无聊啊？"

钟赫站在同学们的正中间，使出浑身解数想吸引大家注意。他这人本来话就多，除了每天把热搜关键词和网络热点挂在嘴边，还总是一副对新话题了如指掌的样子，仿佛自己是个情报小灵通。虽然并没有几个人搭理他，他还是每天都扯着嗓门喊，看起来就有点儿像那么回事儿了。钟赫有时会让我觉得，"有韧劲儿""有热情"这些词放在他身上就变了味儿。这回不单是声音大，完全成噪声了。

"你们可以去教务室翻翻去年的记录，也可以查看去年的手机短信。"

海拉向那些吵死人的男生提议。

"客观判断下现在的情况吧，不知道你们为什么记忆一片混乱，可也不能让所有人都跟着你们一起混乱吧！"

海拉说得对，凭什么我们要跟着一起操心，说不定这些男生明天就会被送去做心理治疗呢。我很想发火，但是努力忍住了，这些人未来还不知道会变成什么样呢，我不想在混乱中朝他们发脾气。

可这些人死活都不相信，即使证据就放在眼前。

"记录这种东西嘛，可以伪造啊，也有可能被黑客入侵，还可能被重新合成。别天真地什么都相信。"

跟他们完全说不通，我也没指望能说通。我认为的"我们"和一部分男生认为的"我们"完全不在一个世界。再说了，黑客入侵这些资料图什么呀！总得有可图的东西人家才会入侵吧！

"喂！我们连学校都被你们抢走了。从出生开始，我们就让你们太多了。你们不是连军队都不用去吗？[1]那就算是比我们多活了两年啊。"

听勋宇、钟赫这么说，其他男生也纷纷赞同，教室里乱成一片。

四十多名同龄的男生就像一滴滴落在水杯里的墨汁，迅速扩散开来，建立起他们的小世界，尽管这小世界是有问题的。我们的世界就这样分裂成两半的话，以后又会发展成什么样呢？会不会以后每到新的一年，每到新的学期，世界都要分裂呢？整体一分为二，再一分为二。我偷偷看了眼勋宇的侧脸，他笑得正欢。此情此景，我的心都要碎成一块一块的了。

午休时间我没去食堂，在小卖部买了面包。我拿着面包朝操场的方向走去，同学们三五成群地聚集在

---

1 韩国对男性实行征兵制。无特殊情况，男性在适龄期必须入伍服役。

那里。当然，只有身处同一个世界的人，或者听得懂对方说什么的人才会聚在一起。海拉和艺俊朝我挥挥手，他们已经在操场的某个角落找好了位子。我走到跟前，海拉给我让了位。

"你还好吗？"

明明大家都一样心乱，海拉和艺俊却先担心起我来。

"没想到这学期是这么特别，感觉像一出黑色喜剧。不，应该是恐怖片才对。"

像这种无法预料的事会成为家常便饭吗？谁也说不准。不过电影、电视剧里不是经常出现失忆桥段嘛，还有眼神突变、变异什么的，这都是大家熟知的题材。也许我们今天的遭遇本来就是一种正常现象，要不是因为勋宇，我都不会这么在意。

我向海拉和艺俊确认道："也不是所有男生都变奇怪了，艺俊不是还记得我们嘛，艺俊，你和我们的记忆是一样的，对吧？"

艺俊平静地回答："去年咱们三个同班，我和海拉又在同一个补习班，所以咱们仨自然而然走得比较近。怎么样？需要继续说吗？我再讲讲你俩给我化妆然后吵架的事儿？"

虽然本意不是为了让他证明什么，但他的说辞确实让我很安心。

"除了艺俊，桂修和其他男生不是也举手了吗？咱们和他们之间不是还和以前一样嘛。"

艺俊轻叹了口气，说："以后我们是要定期检查吗？看看记忆有无变化、友谊还在不在之类的。"

我也觉得挺无语的。艺俊看着操场说："他们居然说这里以前是男校，荒谬！还说什么我们抢了他们的学校，简直不可理喻。"

海拉提议道："你不是有几个走得近的男生嘛，和他们聊聊呗，问一下怎么回事儿。我俩去问好像不太方便，但是心又不安。"

"刚才你也都看见了，他们根本不理我。"艺俊答道。

"好像是哪里出了问题，他们应该马上纠正才是。

不然根本没有理由不记得我们啊。该怎么形容呢，就好像是他们集体出现了一段记忆空白。"海拉接着推理道，"如果只有他们几个举动奇怪的话，有可能是他们想在开学第一天出风头。但是连班主任都这样，说实话我心里很慌。"

远处突然传来了一阵警报声，海拉和艺俊都觉得不妙，可还是先来担心我。不管怎样事情已经发生，从今早开始，这世界上的人已经被分成了两种：温和待人的和与之相反的。

海拉小心翼翼地问我："那你和勋宇怎么办？要好好聊一下吗？"

我叹了口气："我也不知道该怎么办，他不是我认识的那个勋宇。"

海拉也很是赞同："我也觉得，根本就不是一个人。"

海拉双手合十，整理了一下现在的情况："我们在网上建一个小组，然后各自联系一下初中同学，打听打听其他学校都是什么情况，也许可以捋出头绪。"

有两个姐姐的老幺都会像海拉这么聪明吗？海拉

这种时候真的很有姐姐范儿，让人愿意信赖和想死心塌地地追随她。

我问这个人是不是你？

我又想起勋宇陌生的眼神。感觉自己突然就和勋宇告别了，只剩自己一个人了。是我做错了什么吗？我的心已经难受到开始胡乱自责了。

今天，眼前呈现出了两个世界，我继而确认了一件事：之前"我们"和"他们"只是恰巧生活在同一个时空，实际上大家本来就不是一类人。

"目前还未收到任何行政上的指示"，班主任用这句话结束了开学典礼，不慌不忙，十分老练。感觉像是在和我们宣告：他可不负责管这些事情。那我们如何避开这场混乱？以后如何面对彼此？问题都抛给我们自己去处理。一直都是这样，其他事情也是这样。

开学典礼结束后，我去电脑室浏览了几个网络小组。

有一篇帖子特别刺眼，上面写满了各种荒谬离谱的阴谋论。帖子里都在说自己周围突然出现了好多未满十八岁的女生，而且发帖日期还是今天。这些话简直难以置信，什么叫"突然出现"？这种说法本身就毫无根据。我申请加入了几个网络小组后，离开了电脑室。

第二次机会

"你怎么总跟她们混在一起啊?"

这帮男生总是对艺俊说这种奇怪的话,晚自习的时候还把艺俊叫了出去。平时根本不来往的人突然找艺俊就很奇怪,我和海拉想陪他一起去,但被回绝了。他说去去就回,不会有事儿的。可直到晚自习结束,他也没有回来。

晚自习放学后,我们走出教学楼,其实并没有人真的在晚上自律学习。初春的晚上冷得和深冬一样,我和海拉整理好大衣就匆忙往外走。我俩就像刚从鬼屋出来的,也像暂时获得外出机会的劳改犯一样,脚步快到堪比电影里的大逃亡场面,以至于气氛中都有股卑微之感。

"啊！太冷了，等我毕业了绝对不会再穿裙子！"[1]

我瑟瑟发抖，抖到已经分不清是因为冷空气还是因为内心的恐惧了。我和海拉快速穿过一条小胡同，胡同的路灯坏掉了，灯光一闪一停的。每次我的视线被黑暗淹没而灯光再闪起的时候就会很害怕，因为不知道前方会出现什么情况。

"艺俊回你短信了吗？"

海拉摇了摇头。

"等他联系咱们吧，我们对艺俊不是一直都很有耐心的吗？"

艺俊心思细腻却并不软弱，虽然"心思细腻"这个词经常会被误以为是软弱。我和海拉经常会担心他，因为并不是所有人都了解他的情况。而且，他人生中遇到的困难，也不能都指望父母和老师出面帮忙解决，

---

1 韩国中学校服为西装式校服，男生款为西装外套搭配西裤，女生款为西装外套搭配短裙。

所以至少我得力所能及地帮他。我也一直在斟酌，作为朋友，他的生活我可以介入到什么程度。想到这儿，我拍了拍自己的额头：就是现在！现在这种情况我不帮忙的话，以后再有类似的问题出现我就更加束手无策了。

"海拉，你呢，感觉怎么样？"

"我还好啦，我本来就很坚强啊。"

也对，艺俊和海拉都是这种性格。

大家都乱成一团的时候，我反而会担心这些看起来格外坚强的人。我能感受到，他们对于周遭这些诡异的事情，做不到没心没肺和冷眼旁观。外柔内刚的性格和细腻敏感的内心，让他们不得不坚强。

"有事儿就给我打电话，我有事儿也会打给你的。"

虽然我心里也没底，但还是坚定地跟海拉这么说。

"好。"

要是放在平时，海拉一定会说太肉麻了、鸡皮疙瘩掉一地之类的话，但现在我们就是对方坚实的后盾。

想到这里，我心里像刚喝了碗热汤一样，暖乎乎的。

*

嗯？这什么情况？

我回到家，发现家都变样了。给爸爸打了个电话，他说让我打车去一个陌生的地方，声音听起来还有点儿兴奋。

就我家这经济条件打什么车呀，我还是坐公交去了。我翻了翻手机地图的收藏记录，家已经变成陌生的地址了，而且和我爸发的地址一模一样。

到了之后，我发现新家居然是一座江景独栋住宅。我站在门口东张西望，然后把挂在手机尾部的钥匙放进门锁里，大门居然就打开了！简直不敢相信！

我穿过宽敞的庭院朝里侧走去。

"爸爸……"

我总有种偷偷闯入别人家的感觉，走路的时候都没敢挺起腰板。

嚯！客厅里居然挂着我和爸爸的照片。我小心翼翼地打开每扇房门，确认一下房间内部的情况。我的房间布置得超级温馨，墙上还挂着我的校服。爸爸居然还有一间书房，面积大到都可以当作卧室或会议室了。还剩最后一个房间，我深呼吸一口气，推开了房门。

房间里堆满了妈妈的漫画书和各种物品。我的心开始狂跳，难道世界分裂之后连妈妈都回来了？这时候我瞟了眼桌子，发现了妈妈的照片，上面写着"1965—1990"，顿时就泄气了。

"搞什么嘛！"

一定是爸爸捣的鬼。我又翻了翻手机里的通信录，并没有妈妈——崔以英。我早该想到的啊，只要有我在，妈妈就不可能回来。因为妈妈在生命的最后一刻，把她人生的接力棒交到了我手中。

恢复理性之后，我往客厅走去。虽说这是现实，可这高级感未免也来得太猝不及防，和昨天相比，简直就是天翻地覆的变化。

"爸，你是不是在和我玩隐藏摄像机[1]的游戏？"

回到客厅，爸爸张开双臂一把抱住我："真理啊！"

"什么情况？爸，你怎么穿着西装啊，是去什么场合了吗？"

爸爸激动地涨红了脸："爸爸即将展开人生新篇章！我一定不能错过这个机会！"

"什么意思啊？"

爸爸也发现今天周遭有变化，最明显的是连他的职业都变了。一大早，他就开始四处打电话，跟亲戚、邻居还有房产中介打听各种情况，这才确定家庭住址和工作确实都换了。

"今天开始，这里就是我们的家啦！"

这到底是怎么回事啊？我瘫在沙发上放松一下身体。之前因为过于紧张，身体一直很僵硬。

"爸，那我们就放心在这儿住下呗！直到被赶出去的那天。就像住酒店一样。"

---

1 一种整人游戏，多在综艺节目里使用。

爸爸笑容满面："这孩子的乐观劲儿遗传以英了！"

嚯，明明连面都没见过，还遗传呢。我无奈冷笑了一下。

爸爸在抽屉里发现了存折，确认了余额后一脸激动地望向我："真理啊，爸爸现在工资超多的！"

"其实你开面包店也挺好的，以后吃不到奶油羊角可颂了，我还觉得可惜呢。"

"想吃的话，爸爸给你做不就得了，反正配方都在我脑袋里印着呢……"

爸爸用手指着太阳穴，话却突然停住了。

"怎么了？"

"我……想不起来配方了。"

我掩饰住内心的疑虑，安慰爸爸道："做做看的话，手还是会有肌肉记忆的吧，毕竟都做了十几年了……"

"应该……可以的吧？"

总结一下目前的情况，就是我和爸爸今天突然收到了一份人生大礼，虽然还不知道具体原因。我俩互相对了一下早晨发生的事，他说地震的时候自己正在做面包，就和往常一样。

"真理啊，这是上天赐给我的重生机会啊。"

爸爸居然还会用如此文学性的表达方式，看来这世道还真是变了。不过既然这重生机会像礼物一样自己送上门来，爸爸确实没必要拒绝。

*

我躺在床上，房间干净又温馨，像酒店一样。

学校乱成一片，艺俊又联系不上。只有我自己运气这么好，心里突然不太舒服，实在无法安心享受这一切。

我想起了之前在海拉家给艺俊化妆的事。

"我看起来好丑啊。"

艺俊看着镜子，灰心丧气的。折腾了这么久也没什么效果，我和海拉为自己的化妆技术感到抱歉。

"看来咱俩是做不了化妆师了。"

"我说怎么每次一到美术课，时间就过得那么慢呢，原来是没有这方面的天赋。"

艺俊并没有被我俩逗笑。

"你们不用安慰我，我知道自己长得像《指环王》里的奥克，再怎么修饰，本质还是丑的。"

艺俊这话搞得我都忘了自己本来要说什么了。说实话，如果他想变得和女明星一样漂亮的话，那确实是奢望。我也不会因为化个妆就成女偶像了。

艺俊为什么要化妆呢？是想做女生吗？可想变美和性别认同是两回事儿吧？艺俊似乎认为只要自己变美了，大家就会支持他的喜好。

"呀！你那是什么话？女生必须得长得漂亮才能得到认同和支持吗！"

我本来是在安慰艺俊，结果突然一股火就上来了。

"不是那个意思，只是如果长得不漂亮的话，人生会没那么顺利嘛。"

"我长得也不漂亮，人生确实也不顺利。但那又怎么样？难道要花大价钱整容吗？然后欠一辈子都还不完的巨额债款？"

我没办法百分百地理解艺俊，他居然想做个美女。听起来好像是女人就必须得变美似的。

艺俊哭了起来，眼妆都花成熊猫眼了。

"我也不知道该怎么说，可能我是性变态吧，同学们不都这么说我嘛。连我妈都叫我去医院，下周我就得开始看心理医生了。"

"抱歉……艺俊……"

我也不知道该说什么好了。海拉这时候说道："一定会有适合你的风格的，如果目前还没有，那我们就一起探索。"

海拉在网上找了一些适合艺俊的妆容和穿搭，把它们打印出来做成剪报递给他。上面都是一些具有中性美的模特照片。艺俊擦了擦他的熊猫眼，轻轻点了点头。

高一时，艺俊和三个男生曾经偷偷搞过一次变装活动。结果变装照片被人发到了赛我网的主页上。有很多人说他们是同性恋，其他几个男生都当是玩笑，只有艺俊很认真地在解释，说自己就是喜欢穿女装。

所以遭殃的只有艺俊一个人。从那之后，艺俊就被人称作变态。讽刺的是，修学旅行的时候，钟赫在女装大赛上拿了第一名，还因此羞辱艺俊来着。钟赫变装的照片也被传到了赛我网上，成了人气热帖。艺俊和钟赫完全是两种长相，一个棱角分明，一个瓜子脸。但这件事和外表无关，钟赫是为了搞笑才穿女装的，可艺俊是发自内心地喜欢穿女装。而且，他的照片一点儿都不搞笑。

"这小子肯定是想假扮成女生，然后混进女卫生间。"这帮男生把艺俊当成变态不说，每次侮辱他的时候都会加上两句淫词秽语。

海拉打破了我和艺俊之间的尴尬气氛。

"不管你再怎么努力变美，大家还是会因为你是男生而给你绑上枷锁。"

海拉从不会对艺俊的外表和喜好说三道四。她觉得有愿望就该去追求，就算和自己天生的生理特征相悖又怎么样。听海拉这么一说，我拍了下大腿，恍然大悟：原来还可以从这个角度去看待这件事。

海拉接着说道："用长相去判断有没有资格做某件事，是不公平的。如果某件事是你再怎么努力学习、运动都无法改变的，那就不能称之为能力。"

我突然为之前的行为对艺俊感到抱歉，我用肩膀碰了碰他的肩膀，又偷偷瞄了一眼，他的表情比之前缓和了一些。

"我尊重每一个努力追求自己所愿的人，也觉得他们都值得被赞扬。至于有无资格去追求，只有当事人自己才能下判断。"

姜海拉！你可真是太帅了！我很自豪你是我最好的朋友！我正一股脑儿地要把海拉说的话都记到日记本里，艺俊就抱住海拉说："没有你，我真的不知道该怎么办才好。"

因为海拉接纳了他原原本本的样子，艺俊自己也开始接受真正的自我了。艺俊说理解他的朋友只要有一个就足够了。我听了这话又不高兴了，质问他有两个的话不是更好嘛！艺俊虽然翻了个白眼，但也点了点头。

艺俊和海拉独处时会向她诉说更多的心事，我知道这件事后心里有点不是滋味。他一定是怕我又会无缘无故地发脾气，所以才不和我说的。他担心的也没错，因为我知道后应该又会逼问他"是不是对女生有什么偏见""到底想要干吗"之类的无解之题。

我们三个人都需要遇事可以一起想解决方法的朋友，这样的朋友哪怕只有一个，都算是幸运了，但如果有两个、三个，甚至更多，不是更好嘛。我也应该适可而止，不能再朝艺俊发脾气了。没必要去伤害我珍视的朋友，而且以后的日子我们还要一起度过。

——艺俊，你没事儿吧？明天我们在学校见！

我给艺俊发了消息，但他一直没回我。"你没事儿吧"这句话光看文字，他会不会觉得我是在开玩笑啊？我看着不能撤回的消息，有点后悔。

爸爸已经从面包店老板摇身一变，成了著名制药公司的代表理事。我用客厅的电脑搜了一下爸爸的公司，Authentic Genetics：引领韩国生物产业出口的企业。我看着家里这华丽的装修风格顿时心有不安：我真的可以心安理得地享受这一切吗？

只不过几天的时间，新的记忆就开始与过去的记忆并存，甚至已逐渐吞噬掉过去的记忆。比如，我的记忆变成了爸爸从一开始就是制药公司的代表，一直都很忙。我在网上搜了一下"真理烘焙：奶油羊角可颂"，网页里却空荡荡的，什么也没有。

集体失踪

　　学校的氛围变得一天比一天诡异，所有人的记忆都乱成一团。不过万幸，不管别人和其他事发生了什么变化，海拉的表情自始至终都没变过。

　　像钟赫和勋宇一样，表情日渐陌生的人越来越多，教室里的气氛就像一杯被墨汁完全浸染的清水，无比浑浊。我好怀念这些同学以前的样子，怀念他们去年的样子。倒不是说去年有什么特别，大家高一每天也都被学业折腾得身心疲惫，很少有开心的时候。但现在我极度怀念那些平凡单调的日子。

　　学校是做减法的地方，我们的生活全都以高考为中心在转动。距离高考还有 605 天、距离高考还有

604 天……今天的时间也马上会成为一个被减掉的符号。感觉未来变好的那一天离我好远。我想过这倒计时最终会变成零。等到了那一刻，我一定要逃出这做减法的日子，好好过一下做加法的生活。

但是，这世界的运转公式却变了，我们离出发点越来越远，目前的减法生活似乎无法顺利归零了。因为我们这个群体一直处于被否定的状态，且情况一天不如一天。

"那小子就是想找存在感。我都问过他了，以后赚了钱是不是要学河莉秀[1]去做变性手术，他说并没有这个想法。"

知道钟赫说三道四的对象是艺俊后，我心里直打冷战。钟赫真的是越来越过分了。与此同时，称艺俊为变态僵尸的人也越来越多，艺俊就这样每天被变态僵尸的外号折磨着。我和海拉是事后才知道这些事情的，除了气得直跺脚，也别无他法。

---

1 河莉秀：韩国艺人。22 岁时通过变性手术转变为女性。

　　和去年不同的是，艺俊现在开始大大方方地承认自己喜欢穿女装了，还认为这样很有个性。可想而知，他被嘲笑得更严重了，只因为他公开做了最真实的自己。有一些一直很尊重、很照顾艺俊的同学也会责怪他，为什么要公开自己的喜好，把事情闹得这么大。说这种话的人很明显是觉得艺俊太过招摇了。这些人打着"为艺俊好"的旗号，自作主张地建议艺俊把公开做自己的时间点不断推迟。毕业之后、上了大学之后、服完兵役之后、在社会上立足之后……"之后再做"的意思，本质上就是不要做的意思罢了。艺俊每天都被这些话包围着，看起来甚是疲惫。

　　对那些用"赞成或反对""为时过早"这类话来肆意对自己的人生指手画脚的人，艺俊都选择了无视。他脸上的笑容比之前多了很多。他有时候笑得过于自豪，以至于看起来有些许刻意。不过这一点只有我和海拉发现了。

　　"他们"对我和海拉也越发不友善起来。

　　"你也是变态僵尸吧""每天黏在僵尸旁边的就是

臭虫呗"这种侮辱性的话开始满天飞。憎恶真的是种极其容易被传染的情绪。他们的话已经过分到让海拉都跑去警告钟赫了,可钟赫的回击却让我们不寒而栗:"呀!你们两个丫头片子心里得有点儿数才行啊,现在这个世界你们可说了不算!"

我一直坚信减法生活总会到归零的那一天,也坚信高考之后我就可以做自己想做的事,可是现在却有这么多容不下我们的人。"我们"这个群体需要一个容身之处。

4月的风依然凉飕飕的,艺俊还是没有来上学。最近这几天,阳光明显更温暖了,花也陆续开了,白天甚至不需要穿外套。这盎然的春意也许会让人觉得,这平凡稀松的日常是如此美好,可我却害怕这暗无天日的生活会看不到尽头,还觉得有些残忍。

*

艺俊已经一周没来学校了,之前还会时不时回复一下我的信息，现在已经完全没有消息了。之前我们一直都在海拉家里玩，所以根本不知道艺俊家在哪儿。

"好像出了什么事。"

班主任说他会想办法联系，但就是不告诉我们艺俊家的地址。我们都觉得班主任的话一点儿也不可信。

我们又去问了平时走得比较近的补习班老师，说明了一下情况，这才要到了地址。

"看来学校甩给补习班的事情，不止教学这一件啊。"

我听了海拉的话大笑起来。早知道这样，刚才就应该把艺俊的亲属关系和联络方式一并打听出来。为了艺俊的安全着想，这些都是必要的工作。

我们在星期六下午去了艺俊家，他家是一座拥有小巧庭院的雅致独栋住宅。围墙后一片寂静，我们按了好几次门铃也无人响应。

"会不会都出门了？"

"那怎么办？要不我们先去读书室[1]，然后晚上再来？"

"哎，又要准备高考，又要找失踪的朋友，咱俩可真是日理万机啊。"

我和海拉去了附近的读书室，书翻得哗哗响，可心却静不下来。海拉正用拇指和食指抓头发，这是她紧张时的惯用动作——拽着两三根头发上下来回扯动。我一紧张的时候就会拼命地咬牙。最近咬得太多了，导致下巴火辣辣地疼，甚至还有些偏头痛。我们都有这种沉默中拼命使劲儿的习惯，当然，这些习惯对身体并不好。

晚上九点左右，我们又去了艺俊家，他家里既没有灯光也没有人影。海拉故作轻松地说："那我们明天再来吧？"

就这样离开的话，我心里有些不是滋味。

"你说艺俊会不会被关在那个黑漆漆的房间里啊，

---

1 读书室：付费使用的学习空间。

然后期待着有人敲窗户解救他之类的?"

"我记得艺俊的人设好像不是城堡里的公主吧?"海拉吐槽了一下我那童话般的想象力,随后捡了几颗小石子弯下了腰,"果冻是不是比石头要好一些啊,毕竟有弹性。"

"干面包块的击打感应该不错,扔掉也没什么可惜的。"

受海拉影响,我也想到了一些点子。我属于没办法把事情从 0 做到 1 的人,所以身边必须得有个像海拉这样有想法的朋友。虽然我们之间也会争长论短、吵吵闹闹的,但必要的时候我们会迅速站在统一战线上。我们去超市买了干面包块。回艺俊家的上坡路上,我假装不经意地问海拉:"如果有一天我也没去学校,还失联了,你会怎么办?"

"你家院子不是挺大的嘛,那我拿出扔铅球比赛的精神往你家扔干面包块呗。"

"我是说真的,如果因为什么事我们不能见面怎么办,要不要选定一个秘密场所?首尔站的钟楼怎么样？"

海拉噗的一声笑了出来："我们是什么战争难民吗？还是发邮件吧，这才是二十一世纪人类该用的方式啊，你该去的地方不是首尔站而是网吧。"

可是如果连邮件都发不了，我们又该怎么联络对方呢？

虽然黑乎乎的，我们还是用干面包块把艺俊家所有的窗户都敲了个遍，但并没有得到期待中的反应。这时一个路过的大叔向我们走过来。他穿着明黄色的马甲，绑着橘黄色的肩带，好像是这个社区的自律防卫队[1]员。

"那家人几天前就搬走了，现在屋里是空的。"

我们听了这话，转身向公交站走去，剩下的干面包块落单似的被我们捏在手里，上面还残留着对艺俊的想念。干面包块实在太硬，嚼起来咔哧咔哧的。我

---

[1] 自律防卫队：由普通市民自发组成的社区守卫队，不隶属于任何警察机构或国家机关。

们此时此刻的心却比干面包块还要干巴。

　　我要不要趁这个时候问一下海拉亲戚朋友的联系方式呢？和海拉并排走向公交站时，我一直在苦恼这件事。"海拉，万一你也……"但这种话太不吉利了，我实在是说不出口。可如果现在不问，将来后悔该怎么办？我思考得越多，就越优柔寡断。

　　最终，我还是没有对海拉做户口调查。毕竟就算真的发生了什么事，最起码我还知道她家的住址和烤大肠店的地址。

　　听到艺俊突然搬家的消息，我对他的愧疚感更强烈了。在我还没成为他真正需要的那种朋友之前，我们就分别了。关于如何去做一个值得被依赖的朋友，我很努力地在向海拉学习。我哽咽着，既难受又愧疚。一方面，因为自己后知后觉到现在才开始后悔。另一方面，与其说是担心艺俊，不如说是在哭自己有多么愚蠢。

　　本想说上了大学，一定要和艺俊一起化个美美的妆，穿上漂亮的小裙子去压马路，可现在没有机会履行了。如果在想到的那刻就去做了会怎样？应该会被老师教训一顿吧，还会收获一堆诧异的表情。光是想象一下都觉得心累。艺俊当时该有多难熬啊。

如果还有机会再见到艺俊，我绝对不会和他争论那些有的没的，而是会去拥抱他。我开始自责，觉得自己没有资格做艺俊的朋友。海拉心里并没有我这么大的波澜，并且还安慰了我。这也很正常，毕竟艺俊还在的时候，海拉就在尽全力地珍惜他。

可艺俊为什么会举家搬走呢？搬去哪儿了呢？为什么如此突然？我开始琢磨这其中的缘由，我想起了周围的人。艺俊旷课前最后见到的人是谁？是不是有人威胁艺俊了？是不是又有人来对他的喜好指手画脚了，而且性质严重到了无法忽视的地步？会不会发生了他无法一笑了之的其他事情？……我想搞清楚艺俊消失的真正原因。

想到之前自己对他的态度，我就开始上火。如果可以再见到他，我一定不会摆臭脸，也不会逼问他这个那个。我还会理解他难以言喻的苦衷，无论真正的他是什么样子，我都会坚定地做好朋友该做的事。

　　每天我都在练习和艺俊重逢时的场景，我觉得自己应该多练习几次，练到真的可以见面的那一天为止。

　　　　　　　　　　　　＊

　　艺俊的消失成了连环失踪事件的开端。同学们接二连三地在消失，没有任何预告，也没有任何解决办法。

　　有同学直接在我眼前消失了，而且消失的都是女生。我眼睁睁地目睹着这些魔幻的画面，无能为力。

　　昨天晚上还和我打招呼说"明天见"的同学，今天突然就转学了。听到这种突发消息，我感到无比冲击。和她们虽然只是普通同学的关系，但是一想到再也见不到面了，我心里还是很难过的。这并不是可以"事不关己，高高挂起"的事。女同学一个接一个地消失，教室里的气氛已经诡异到让我觉得不适了。

　　除此之外，还有更奇怪的事！一个人消失几天之后，我们对她的记忆就会变得模糊。上着课、吃着饭，或者和海拉正开玩笑的时候，突然就会抑郁一下，可以明显感觉到自己正在忘记什么人或事。

而且每天晚上都会有几个同学办理退学手续，也有人无缘无故就不来上学了。学校官方表示"对于目前的情况正在判断中"，实际上并没有人去找她们。这种事态下，就算立马找遍警察和记者、翻遍整个学区都不为过，校方居然毫无作为。

我翻了下讲台上的签到手册，发现不论是艺俊还是其他已消失的同学，他们的记录都消失了。不对，感觉就像是这些人从未存在过一样。

他们都去哪儿了呢？大家都平安无事吗？可没有任何人去找他们。离开的同学多到数不清的程度，周围这些人却依然无动于衷。这绝不是单纯的退学，更像是失踪，感觉他们好像被流放（到宁古塔）了一样。

难道非要出现尸体，这些人才会开始调查吗？我脑海里闪过了杀人狂电影里的恐怖场景。冷静下来吧，我现在应该冷静才是，和艺俊再会之前还有好多事要做。

　　我和海拉每周末都会去艺俊家的社区寻找线索，我们走了好多家小店和房产中介，不管是艺俊的新家地址还是他亲戚的联系方式，总之能打听出一点儿是一点儿。可别说线索了，连线索的边儿都没打听着。每次一无所获的时候，我都会觉得自己离和艺俊再会的日子越来越远，但还是会和海拉约好下周再来。因为感觉只有行动起来，心才不至于变得麻木。

　　艺俊会不会已经死了？我总是很在意"同学们叫他僵尸"这件事。这种想法开始定期浮现在我的脑海中，就像吃饭一样，吃完了一顿还需要吃下一顿。我整个人变得无比抑郁，时不时就会哭。海拉受我影响，眼睛也总是红红的，看来眼泪是会传染的，而且还得是近距离才会传染。人和人之间，可以传递心意的距离也许就是这么短。

　　"面对这种无可奈何的事，需要迟钝一点才好。对人类来说，学会忘记也是一种美德。"

　　"你是说要就此忘掉艺俊吗？"

"不是这个意思，而是现在这个局面我们也没什么能做的呀。所以下定决心静静等待就好，他一定会联系我们的。"

可这种时候要怎么做才能发扬忘记的美德呢？

要是有证据可以证明艺俊处于安全状态就好了，问题就是现在没有证据。没有可以让我们安心、让我不再自责、让人彻底忘记他的证据。

这个新家我怎么住都还是不舒服。我已经记不清上次和爸爸一起吃晚饭是什么时候了。以前他晚上都会给我打电话，让我不要担心他，自己先睡吧。不知道从什么时候开始，晚间电话也消失了。

接连失去珍视的人之后，我的人生还会剩下些什么呢？我在温馨的房间里看着自己空荡荡的双手。

海拉

记忆在一点点发生变化，班里女生的数量变得少之又少，好像从一开始就这么少似的。我不能习惯这种变化，现在放任不管的话，这些记忆就会无可奈何地流逝掉。不对，应该说是连续不断地消失掉。

每天，我和海拉都会交换各自打听到的碎片信息。初中同学那里的，隔壁社区的，网上搜索的，身边的，等等。每一处我们都没放过。

"智妍是我的初中同学，现在在隔壁的东英女高，她说她们学校的某些女孩子也完全像变了个人似的。"

智妍她们班的老师和同学，还就此事开展了长时间的讨论。

"看来会变奇怪的不只是男生。这些有变化的人一定有共同点，会是什么呢？要不要把智妍找来，我们互相对一下，看看共同点是什么。"

"那个……没办法再找她问了。"

我拨了智妍的电话，然后放到海拉的耳边，"您拨打的电话是空号"。

"她换了号码？"

"昨天我去了她家，但是没能见到她。"

"她和艺俊一样也搬家了吗？"

"不是，我按了门铃的内线电话，是她妈妈接的。"

"然后怎么说的？"

"她说自己没有女儿……"

"啊？"

一个又一个的人，就这样从我身边消失了，并且遗忘她们的速度要远快于搞清楚她们消失原因的速度。我某天应该也会被人遗忘吧。我会被爸爸和海拉忘记，光是假设一下都很难过。

几天后，我又去了智妍家。

"阿姨，我是智妍的朋友真理。"

"你应该是搞错了，这里没有智妍这个人。我们家干脆就没有孩子。"

智妍妈妈看了我一眼后要关门，我急忙把一条腿挤进门缝里，结果被玄关门的边角戳到了脚背，我哀号了一声。

"没伤到吧？你这又是何苦呢……"

"阿姨，智妍的兴趣爱好就是和妈妈一起看中国电视剧，为了毕业后能和妈妈一起去中国旅行，她还做兼职赚钱来着。你怎么能不记得她了呢？"

阿姨的眉头皱了起来。我调整了一下语气，开始请求她。多种复杂的情绪同时涌上心头，所以我的状态看起来可能不太好。

"阿姨，再过一段时间的话会全忘掉的，趁着现在还依稀有点印象，赶紧记到备忘录上吧。"

我进门推开了智妍妈妈，不管三七二十一，向房间里侧跑去。智妍的房间已经变成了仓库，连她的气息都被抹得一干二净，屋子里笼罩着一片巨大的阴影。

此时此刻我也顾不上讲礼貌了，我接着翻找别的房间。来到客厅，那里挂着一张照片，照片里只有智妍妈妈一个人，她旁边有一片巨大的留白。智妍妈妈突然落泪了。

"哎？我这是怎么了？"

"因为您失去了女儿啊。您感觉不到奇怪才是奇怪本身啊。"

我一瘸一拐地走出了智妍家。无论是她这个人，还是那些我们一起度过的时间，都好似酷暑时泼洒到沥青上的水一样，蒸发得无影无踪了。

我跟海拉聊天的次数越来越少，但是在一起的时间变长了。我们都觉得这时候该吃点儿甜的，所以买了好多巧克力一起吃。也许只有感受过什么是满嘴甜蜜，才有力气感叹生活之苦吧。其实这时候吃爸爸做的奶油羊角可颂是最合适的……

发呆的时候，我看了下学校内外的风景。学校的墙壁、大门前的红绿灯、社区的街景，还有那些在新建筑中夹缝生存的旧日街景……我看到的不是风景，而是层层重叠的警戒线。其实，我们不就是生活在名为世界的巨型监狱里吗？

"感觉最近我都需要一个韩语翻译了，都听不太懂大家在说什么。这么下去语文是不是会考零分啊。"

海拉被我逗笑了。

"如果有一个声音洪亮的翻译就好了，可以大声为我们发声的那种。"

我的心情比刚才好多了。并不是因为吃了很多甜食，而是因为这艰难的日子，身边还有朋友和我一起度过。

我们翻开了英语单词本，同时闲聊着有的没的。也许是因为最近没有什么喜事，所以我俩总是会开一些没趣的玩笑。即使并不好笑，我们也会捧对方的场。

"这个好好笑噢。你知道英文里'猫咪的爪子cat's paw'是什么意思吗？"

"是什么呀？"

"有爪牙，还有傀儡的意思。就是被人利用的人。"

海拉勃然大怒："这根本说不通啊，猫咪的爪子明明那么可爱，为什么要被冠上这种不好的含义！"

"据说是出自《伊索寓言》，有只猴子利用猫爪子满足了自己的口舌之欲。"

"那就应该用'猴子的舌头'来形容才是啊，为什么要怪到猫咪的爪子上。喊！"

我十分赞同海拉的看法，也跟着一起生起气来。

"为什么那些谚语和训示总是让受害者要小心呢？"

"应该警告那些坏人不要做坏事才对啊！"

"就是说啊。"

我和海拉在这个时间点，同时笑出了声。

"最近你和爸爸聊天了吗？"

"并没有，我都不记得上次见面是什么时候了。感觉我爸已经成了公司的祭品了。"

海拉想开个玩笑，可是嘴张了半天也没找到合适的表达。我接过话茬："你呢，最近和爸妈聊天了吗？"

海拉爸妈的烤大肠店都是营业到凌晨的，所以他们平时也没什么机会跟海拉碰面。

"父母也不能帮我们解决所有的问题呀,我们也都到了该明白这一点的年纪了。而且现在个体户的生意都不好做。"海拉淡淡地说。

我们学校周边新开了好多家炸鸡店,基本都是有名的连锁品牌。胡同里的朴素生活,好像总是避免不了要和巨大的时代变化做斗争。我和爸爸虽然撑过了这沉重的日常,可其他人……我居然开始怀念起朴素的旧时光,瞬间有种自己突然变老了的心情。

"我们还会再见到艺俊吗?"

"当然。"虽然并不乐观,可海拉还是这么说了。

我们努力地没话找话说。不管怎样,都绝对不能让自己陷入悲观。

每周六我们都还是会去艺俊家附近转悠。有一天,背后传来了一个声音。

"你们不是那天晚上,在搬走的那家人门口,一直转悠的俩孩子吗?"

说话的人是一个套着明黄色马甲的大叔,他就是我们敲艺俊家窗户那天晚上碰见的那个人！

"你们和那家人联系上了吗？听说那家的独生子之前就生病了，所以全家走得很急。"

我和海拉盯着这个大叔。大叔表情温和，脸上还挂着微笑。海拉开口问道："请问他家的独生子是什么时候生的病？"

大叔不咸不淡地回答道："他家儿子变成那个样子，好像是去年的事吧？"

我和海拉对视了一下后，用下巴指了指公交站的方向："走吧，他说的那个人不是艺俊。"

就在我们转过头背对大叔的瞬间，他喃喃自语了一句：

"嗬，说起来我都嫌丢人，明明是男生还非要穿女装，不被送去治疗才怪。"

他说的就是艺俊！

"本来去年都自杀了的人，听说最近又突然复活了？"

我和海拉僵在了那里。尽管现在是 6 月，那一刹那我们却觉得浑身阴冷无比。

"大叔，这是什么意思？您是说他自杀了？"

"复活又是怎么回事儿呢？那您知道他现在在哪儿吗？"

"大叔您又是谁呢？"

我们问得很急，大叔却一脸漫不经心地答道："我们正在一个个地整理，像他这种意外情况可能要多花一些时间。"

这大叔把印着"自律防卫队"的肩带摆得端端正正，给我们展示了一下。

"选择和这个世界作对的话，上面的人就会看你不顺眼，这个道理明白吧。"

这大叔虽站得端正，但他给人一种手里藏刀的感觉，阴森无比。仿佛艺俊就死于那把隐形之刀，刀刃上还残留着他的血。

"大叔！'意外情况'是指什么呢？'整理'又是什么意思呢？"

虽然是深夜，海拉却问得很大声。大叔朝着更亮一些的方向迈出了一步，冷静地说道：

"你们本来就是一群不存在的人。"

"什么？你疯了吧！"

海拉正要阔步冲到大叔面前，被我拦住了。

"海拉别理他，只不过是个奇怪的人罢了。"

大叔打开了对讲机，一边朝与我们相反的方向走，一边说道："这世道真是新鲜了，从未出生过的人居然在那儿大步流星地走路呢。"

这是什么意思？是说我们这些人都该去死吗？不论是艺俊，还是我们？这话也太残忍了。

大叔好像在用对讲机报告着什么。

"灵月3洞防卫队，发现两名意外人员。"

"搞什么啊？"

我抓起海拉的手，把她往公交站的方向拽。

"那个人疯了！"

我们疯狂跑了起来。

"海拉啊，别在乎那些混账话！"

我看到了不远处派出所的灯光，马上朝海拉大喊：

"那里有派出所！我们快跑！"

请帮帮我们！我们遇见了一个奇怪的大叔！这两句话说不出来，一直在我嘴里打转。我拼了命地向前跑，跑到后背都僵硬了。因为总觉得那个大叔会在背后一把抓住我的头发。看着派出所的灯光离我越来越近，我的心有点安定下来了。我缓了口气回头确认了一下后面的情况，海拉瘫坐在离我还有好一段距离的地方，双手还握着脚踝。应该是崴到脚了，她一瘸一拐地站起来。

"我没事，你快去找警察！"海拉朝我打了个手势。

我就这样在伸手不见五指的黑夜里，独自一人跑进了派出所。

"请帮帮我！那里有个奇怪的人一直跟着我们！"

两名原本在闲聊的警察慢慢抬起头。

"快点！求你们了！和我一起逃出来的朋友受伤了！现在就在外面！"

我打开派出所的门，指向海拉所在的方向。

"快点啊！"

　　强光环境下猛地看向黑漆漆的室外，我的眼前只有一片模糊。我努力揉了揉眼睛，黑暗中有两个人正在靠近海拉。

　　"海拉！"

　　海拉一瘸一拐地朝我这边慢慢地挪过来。可就在那一刻！海拉整个人开始一点点变得透明，接着完全消失了！我眼睁睁地看着这一切！

　　"海，海拉？"

　　这到底是怎么回事儿？海拉就这样消失了？

　　这时有两个人从海拉刚才消失的地方朝派出所走过来。他们是戴橘黄色肩带的社区防卫队员。

　　"怎么了？"

　　晚了一步的警察用手电筒照了照。

　　"海拉！"

　　灯光之下只看到两个社区防卫队员站在那里。那两人和警察简单地打了招呼后，转向相反的方向，立刻消失在了黑夜之中。哪里都看不到海拉的影子，海拉就这么消失了。这到底是什么情况？好好的大活人就这么凭空消失了？这太不像话了……

"我的朋友海拉消失了！"

我大脑里一片混乱，打她电话也打不通。

警察却不慌不忙。我很难说明刚才目睹的一切到底是什么情况。警察异常冷静，可我却冷静不下来。我该怎么形容才能让他们明白这件事有多恐怖？警察平静地开口了：

"同学，所以说这么晚了就不要在外面晃悠了。这大半夜的，看到电线杆的影子都会觉得危险。你家住在哪儿啊？"

警察们的眼睛里都齐刷刷地写着："今晚可千万别有什么事儿。"我该怎么做才能让他们对这种恐惧感同身受呢？他们的眼睛已经无动于衷到阴森的地步了。电影里经常出现这种场景。警察总是晚一步到现场，这种慵懒懈怠的公务员作风总是比连环杀人魔更让人愤怒。

虽然很丧气，但我还是努力调整了一下情绪。

"请听我说！有个奇怪的人对我们说完'你们本来

就是一群不存在的人'这句话之后,我朋友就在我眼前失踪了!"

我告诉警察海拉家的地址,这是我瞒着海拉悄悄背下来的。趁着那名警察给海拉家打电话的工夫,我和另一名警察喊着她的名字又把周围都翻了一遍。可整个社区只有我的声音在回荡。那些我俩曾无数次走过的熟悉风景,今晚却变了模样。我绝不能就这么罢休!

"打过电话了吗?"

打给海拉家烤大肠店的警察回答道:"他们说自己没有女儿。"

"什么?"

怎么会这样!我感觉自己快要窒息了。

海拉在我面前消失的那一瞬间,我却只是傻愣愣地看着。我应该跑过去一把抓住她才是!我应该在她摔倒时,掉头往回跑才是!我自责太深,站都站不稳了。警察用柔和的声音逼我承认这场荒谬的闹剧。

"同学,最近学习学得太累了吧?"

"家住哪里呀，有能联系得上的监护人吗？"

这世界支离破碎，简直是一团乱。这些人还打算把今天发生的一切，都归结于我的错觉，我呆呆地看着他们，真的不知道该怎么办才好了。

这时候我的大脑里又浮现出那个大叔的话——

你们本来就是一群不存在的人。

我瘫坐在地上，无力地松开了紧紧攥到发痛的拳头。好不容易重拾的乐观，一下又全部散落在地。

这里是连消失的人是谁都不知道的世界。

被抹去的存在

我打了数十次电话，但一直都是空号。烤大肠店也贴上了"临时休息"的告示。我又去找海拉姐姐做兼职的咖啡店，可咖啡店的人说她已经辞职了。我也去过海拉家，怎么敲门都无人响应。我还去了读书室的物品保管处，海拉的东西也已经消失得一干二净。

刚开始报案的时候，警察还会耐心听我讲整个事情的经过。但当他们确认读书室附近的监控只拍到我一个人之后，情况就大为不同了。我彻底地被无视了，只要去派出所就会给我当头一棒。他们甚至会直接当着我的面表现得很不耐烦。

比如这些话，看起来是闲聊，实际上是说给我听的。

"现在的孩子可真是过于敏感，成天没事儿找事儿，自己不高兴就到网上去瞎说。"

"这可不好吧。"

"这要是放在以前，都没法想象。区区一个学生，居然敢戏弄公权，对公务员招之即来挥之即去。这不是践踏人权吗！"

连人民的不安和恐惧都感觉不到的话，那这些警察和防卫队到底是在保护什么呢？和海拉有关的证据都消失了，我到底该怎么证明这件事呢？

感觉我在找到同学们之前，就会急火攻心而死了。

我和学校也说了海拉失踪的情况。班主任也一脸不在意地说学生档案里没有姜海拉这号人，然后还大声斥责我："蔡真理！你放清醒点儿！抓紧准备期末考试！"虽然他的话并没有什么威慑力。

他让我放清醒点儿？呵呵，让人发火的地方实在太多了，多到我整个人的精力都没办法有效分配了。

班里的女生已经不足十个。海拉失踪后，班里也只有女生露出了受到打击的表情，因为只有她们可以想象得到，自己有天可能也会突然消失。

空荡荡的课桌都是在刹那间消失的，重新调整课桌间距的同时，也瞬间将座位主人的残影一并抹去了。

钟赫和其他男生一如既往地吵闹，每天都是一脸若无其事的样子，看着真叫人心里打战。唉，我好讨厌像这样在那儿嬉笑的人。

就像不通风的空间会散发出各种异味一样，这个教室里也同样散发着各种敌意。四处都在散发着"他们"这个群体发酵出的情绪，真是无比窒息。而且人类在面对这种事情的时候，嗅觉会格外灵敏。

课间听到的对话更是恐怖至极。这些男生看似在闲聊，内容却十分诡异。

"欸！听说歌手 A 没死。"

"你看那个了吗？听说演员 B 也没死啊。"

这到底是些什么鬼话？

按照他们的记忆，歌手 A 和演员 B 今年年初时就自杀了。没想到居然还有这种令人作呕的传闻，而且听他们的口气就好像这些事情本来就应该发生似的。

晚自习开始前，钟赫开始兴奋地嚷嚷："这两人不是年初就自杀了吗，这么劲爆的消息，而且才发生没多久，我们不可能搞错啊。我刚才还去教务室问了体育老师和伦理老师，他们也记得这两人已经死了。"

"那现在活着的人是什么情况？"

"肯定是鬼呗！"

如果可以的话，我真想给钟赫消音！

这件事的主人公是艺人，我上网搜了一下，幸好自杀什么的都是传闻。可我心里放心不下艺俊。如果艺俊也被当作死人，或是应当去死的人该怎么办？这么多人都这样想的话，我再怎么努力无视，内心还是会受伤。不会示弱的艺俊、认为在乎他人看法是浪费时间的海拉，还有忍不住替别人打抱不平的我，我感觉我们三个都很难在这个世界坚持下去，到底该怎么办啊？

"会不会是复活了？"

"也许是作秀，从一开始就没死。出新专辑之前先来场黑暗营销，没想到玩儿大发了。"

我浑身上下有种虫子往衣服里爬的感觉。这是个丝毫没有边界感的地方，这些人肆意咀嚼着他人的悲伤。

以前会朝他们说"别再说那些奇怪的话了"的同学，如今也加入了他们，一起扩充音量。

"呀！不用担心，我们这边是占绝对优势的。"钟赫朝班里的同学们喊道。

"不是我们丧失了记忆，而是她们多了一份奇怪的记忆。哪里都有那种四次元的人对吧，觉得自己的人生是独一无二的。再怎么嚷嚷，也只是雷声大而已，她们是少数群体罢了。"

像钟赫和勋宇一样，眼神突变的人越来越多。一开始只有一两个人变得奇怪，现在反而只剩下一两个正常人了。

这是个矛盾的世界，两个截然不同的世界偶然重叠在了一起，两个群体各自坚信自己所在的世界才是现实。也许大家本来就只是共享同一时空而已，各自的梦想和未来想生活的地方本来就不同。

　　我已经瞒着爸爸翘课好几天了。以前和海拉一起去过或经过的地方，我都重新走了一遍。我还去了网吧，给海拉发邮件，和发给艺俊的邮件的反馈一样，都被退回了。通信录里也都找不到她。我俩一起拍的照片也都从手机里消失了。

　　我还抱着试试看的心态去了首尔站，在首尔站的周围和钟楼附近都停留了好一会儿。海拉那时候的吐槽仿佛还在我耳边回响着。

　　　　我们是什么战争难民吗？还是发邮件吧，这才是二十一世纪人类该用的方式啊，你该去的地方不是首尔站而是网吧。

　　海拉的声音强烈地回荡在我心中，可我去哪儿都找不到她。我该怎么做才能挽回这一切呢？我该怎么做才能证明我和海拉一起度过的时间呢？

　　首尔站里人来人往，声音不断。寻找失踪孩童的传单、写满了孤军奋战数年故事的海报，都飘散在来往行人的背后。

"你已经忘了吧？不对，是从一开始就没记住过吧？"

好像有人在大声指责着谁。这里人人都有自己的苦衷，苦衷多到广场都显得很拥挤。征集请愿书签名的声音、寻求帮助的声音……听着这些实在是走投无路才跑来首尔站释放的声音，我真是感到说不出的压抑。

就算我、海拉、艺俊和智妍，我们四个人的苦衷加在一起，也会被迅速淹没在这苦衷的浪潮里。

我在贯穿整个首尔站广场的声海里站了好久。我们都迫切地想做成某件事，可互相之间的迫切并不相通。我很想像灾难电影里演的那样号啕大哭，但如果别人对我的痛苦啧啧咂舌，然后转头走开，我又承受不住。也许我对于这广场上的某个人来说，也是个冷漠的看客吧。

警察和海拉的父母都无动于衷。如果连我也这样，那海拉真就成了不存在的人了。如果连她的家人都忘了她，那我就是唯一的目击者。我必须找到她，这也是我还没放弃这个世界的理由。女孩们消失了却无人关心的世界，才不是我想要生活下去的世界。

*

"学费都是一样交的，却只有他能用电梯，这还不是特权？"

钟赫朝着关了门的电梯抱怨着。电梯门即将关闭的刹那，他的不满挤了进来。

以前桂修的轮椅升降电梯来的时候，同学们会像搭末班车一样，一股脑儿挤进去。虽然这台升降电梯是桂修专用梯，但他使用时也允许大家一起搭乘。这是学校综合评估了桂修的出行权、电费支出以及在校学生纪律等因素，深思熟虑后制定出的方针。桂修为了方便同学们坐电梯，经常背着老师来回往返四楼。

勋宇和几个男生开始议论桂修的轮椅升降电梯是差别对待。

"既然是学校的设施，那就应该大家一起用，有的人能用，有的人不能用，这算什么？"

"他就应该去特殊学校，干吗来咱们这儿啊？"

钟赫很认真地表示，他要向教育部告发此事，旁边有几个男生也纷纷同意。告发？桂修的脸色比去年更难看了。

桂修将来是想做搞笑艺人的。他想结合自己的身体情况，创作出残疾人和非残疾人都可以一起大笑的小品。有一次，老师正命令几个上课说话的同学罚站，桂修却突然把手举了起来。

"老师……那我要是说话了该怎么办呢？"

整个教室哄堂大笑。因为他想受罚的表情过于逼真，真的很像搞笑艺人。

桂修是比较调皮的那种性格，他喜欢和大家分享自己的东西。如果他有什么宝贝，会恨不得给大家都分享一遍。

"听说我在妈妈肚子里的时候，发育得比较缓慢，她还以为是自己吃太饱了，都不知道已经怀上了我。当然我的小秘密不止这一个，最近我也有很多没告诉妈妈的事情。"

性格本如此招人喜爱的桂修，新学期开学后有些同学对他的态度却变了。他整个人都被贴上了"电梯特权"和"差别对待"的标签。他除了坐电梯，没有其他的移动方法，他还是得用手推着车轮去坐电梯。

男生们看桂修也很不顺眼，因为他和艺俊一样，从开学那天起，就和女生们共享同样的记忆。他们居然要告发他？居然把人类最基本的出行权说成是特权？觉得桂修的笑话好笑的人逐渐变少了，我还听到有人说桂修已经放弃做搞笑艺人了。

我从未觉得这个世界是什么好地方，也无法理解为什么有人会喜欢在更糟糕的地方生活。我慢慢地爬着楼梯，因为过于气愤，连呼吸都变得急促了。

又是眩晕的一天。

　　回到座位后，我翻开了英语单词本，但怎么也无法集中注意力。我从口袋里掏出世界杯纪念款手绢，它一直被我叠得整整齐齐的。我为什么会贴身带着它呢？我又为什么会如此焦躁呢？是因为要期末考试了吗？我的大脑一片空白，眼睛也好疼。我拍了拍前桌的后背。

　　"借我一下镜子。"

　　"我没有镜子啊。"

　　对方的表情和我期待的截然相反。这时我伸向他的手开始发抖。

　　我用颤抖着的手拿出了笔袋里的油性笔。在手掌上用力写下"姜海拉""黄艺俊"这两个名字，然后手掌相对，十指紧扣。我的双手又湿又凉，依旧抖个不停。

　　"最近班里的气氛乱糟糟的。"

　　班主任在课后会[1]上和我们强调，让我们把心思都

────────

1 课后会：指一天课程结束之后的小结时间。

集中在高考倒计时上。

"如果谁静不下心，可以来教务室找我谈。"

这世界都乱成一锅粥了，我还得被迫听这种"众人皆醉他独醒"的话，真是折磨死人了。

我开始盲目地给所有认识的人发信息，还在网络社群里留了我的联系方式。我们这群还未消失的人结成了一张联络网。可就在互相联系的过程中，也有人在消失，理由无人知晓，真的是束手无策。

几天后，学校电梯的电源被关掉了，连轮椅可以顺利通行的无障碍区域也消失了。

勋宇确实是变了个人。我依稀回想起了以前的场景。

你以为我不知道吗？

我觉得你的心意更重要。

我想起他曾说过的话，这已经遥远到像是上辈子的事了。

勋宇和其他同学正聊着天，突然大声说道："欸！你一个爷们儿居然还哭上了！"

男生们的世界是捕食者的丛林，可他们在丛林里活得并不舒坦。曾说过这些话的勋宇完全消失了，现在用着勋宇那张脸的完全是另一个人。

勋宇、钟赫，还有最近态度突变的那些男生，我像写暗号一样把他们的名字记录到笔记本上。我还在名字旁边写下了各自的住址、背的书包和上的补习班等信息。刚开学的时候，还只有勋宇和钟赫变得很奇怪，现在一看数量已经暴增。

我盯着这些笔记。

"会长 town" 高档小区，早期留学一族；交数百万 [1]，不对，交数千万才能进的 SAT 特别班……

我好像发现了这些人的共同点。这些男生的父母

---

1 书中提到和钱有关的数字均为韩币。参考：100 万韩币约为 5500 元人民币。

基本都是特权阶层的人。这么一看，我爸也属于特权阶层。所以我才至今为止都没消失吗？结论就是"托我爸的福"，我被归到了可以活下来的群体类别里？这根本说不通。

于是我翘了晚自习去找我爸。代表理事室金碧辉煌的，我两眼空空地在门前等着。虽然是晚饭时间，可他还在开会。一个自称是爸爸秘书的人亲切地来迎接我，还给我争取到了一点和爸爸见面的时间。

"什么事儿啊？"

我爸一脸疲惫地按着太阳穴，看都没看我一眼。

"爸，我想吃面包。"

"什么面包？"

"奶油羊角可颂。"

爸爸叹了口气后，给秘书打了内线电话。

"这孩子好像想吃什么东西，你给她买完后就下班吧。"

我听了这话后转过身，谢绝了匆忙跑来的秘书，然后头也不回地走了。

爸爸也和勋宇一样，完全变成了另外一个人。每每想到"我是托他的福才能存活下来"这件事，我就很崩溃。

原来这世界并不只是被劈成了两半而已。我身边的女孩们都已经消失得七七八八了。这本来就有病的世界，如今更是无可救药。感觉不会再变好了，或者说不会再有机会变好了。

那些男生的一举一动越来越放肆，他们随意地给别人冠上"loser（失败者）""变态""死尸""僵尸"这类的外号。至于具体的猎物是谁，他们会随机选择。

"这儿怎么有这么多虫子啊？"

他们坚信，践踏他人的瞬间就等于胜利，用这种任意制定的胜负规则去攻击他人的人就是胜者，被攻击、被无视的人就是败者。

在这种胜败毫无意义的地方，我们就这样成了对方的敌人。

消失的身体

　　浑浑噩噩地过了两天后，我在家附近又遇见了那个大叔。

　　"大叔！"

　　"呦呵，你怎么还在这儿啊？"

　　大叔看到我后，脖子歪成了一个很微妙的角度，我赶紧跑过去死死抓住他的胳膊。

　　"艺俊和海拉，还有其他同学会怎么样呢？快把你知道的告诉我！"

　　我知道自己不会像他们那样消失，所以很是大胆。

　　"大叔，你现在就和我一起去派出所，把那天晚上你看到我和海拉的事情原原本本地说出来！求你了！"

大叔一脸可惜地看着我。

"就算我和你去了，她们也还是一群本就不存在的人，反而别人会觉得咱们奇怪。"

"大叔，你到底是什么人呢？到底知道多少？是你把她们变消失的吗？"

大叔立马挤出一脸卑躬屈膝的微笑。

"我们嘛，可以说是搬家队，或者是导游。总之是做一些引导、带路的工作。反正这些事都已经是决定好了的，有人把路都铺好了，所以我们也不费劲儿。"

"大叔，你到底在说什么呀？我是在问你，为什么她们都消失了！"

大叔噗的一声笑了，本来空洞无神的双眼突然开始发光。

"这个嘛，你得去问你爸呀！"

"什么？我爸？"

"因为这里是蔡必林先生协调出来的新世界呀。"

我缓缓松开了因抓得太过用力而发麻的双手。其他人的生活都是一片狼藉的时候，我爸开始了他的第二人生。我能感受到爸爸的人生开始变好了。托他的福，我的生活也比以前宽裕了很多。可我怎么也想不到，让这世界变得无比扭曲的人，居然是我的爸爸。

那天凌晨，我闯进了爸爸的书房。

"爸，我的朋友们都消失了。"

"嗯，我知道。"

爸爸过于淡定地回答。

"爸，谁也不知道他们消失了，新闻也不报道，警察也不调查。学校老师都说本来就没有这些人。"

爸爸不停地默默点头。

"爸，那我也快消失了，对不对？"

爸爸这才把头抬起来。

"真理啊，你是不会消失的。这一点你可以相信爸爸，这个权力我还是有的。"

爸爸一脸疲惫地向我保证。权力？爸爸那句话在我听来，恐怖至极。如果这份让我存活的权力同时也是置他人于死地的权力，那我怎么可能做到感恩戴德啊？那不就等于其他人都是因我而死的吗？

"咱们家的家训是'有福同享，有难同当'。爸，你难道都忘了吗？你要我一个人怎么在这世界苟活啊？"

爸爸的声音毫无感情："我只是按照指示，努力做了研究而已，把研究成果拿出去卖的另有其人。"

"这是什么意思？爸，你知道些什么对不对？算了，不管什么都好，有没有什么办法能让她们回来？"

爸爸缓缓地摇了摇头。

"我想创造出一个你和以英都能存活的世界。"

我直接朝他大喊："你到底在说什么啊！我只想和我的朋友们一起过平凡的生活！"

爸爸一脸冷静地说："真理啊，活着的人应该好好活下去。"

多么令人生畏的一句话啊，这并不是一句简单的生者之盼，而是恶毒万分的狡辩。

这些在爸爸第二人生里获得的"硕果"，看来他是打算紧紧握在手里了。但又有什么用呢！既拿不了诺

贝尔奖，又把世界弄得百孔千疮。现在，他在我眼里，
不过是一个无能的面包师罢了。

*

只要努力，就可以改变现在这种错综复杂的状况，
我现在已经不再抱有这种幻想了。为了不至于太绝望
地活着，现在需要做的就是适当地死心，也许还需要
一点点回避，以及无欲无求的状态。这个导致"我们"
一词不复存在、把人弄得无比孤独的地方，真像世界
的尽头。

我睁开眼后，看了会儿电脑，凌晨就早早出门了。
外面人很多，大家开启新一天的时间比我想象中的要
早。"不知道一个晚上过去，他们的疲劳有没有得到缓
解，反正我整个人还处于眩晕状态。"我一边往学校
走，一边自言自语道。

我踏着早晨浑浊的空气，走到学校大门口，可学
校正门口的牌匾却在一点点地变化着。

松林男子学校。

我眼睁睁地看着我们学校变成了男校。

我正站在正门前发蒙，正门内侧传来了一阵声音。是钟赫和几个男生。

"你胆子可真大啊，一介女流居然敢来我们男校？"

"这么想进男生堆儿里的话，去服个兵役先！"

这几个男生笑得超大声，接着往校园里走去，笑声也随之消失在白色教学楼里。四周变得格外寂静。

消息和短信都发不出去，我转身离开了学校。这个地方已经没有任何人记得我了。

如今真成了孤身一人的我，该何去何从？

走了整整一天，傍晚时分我在一个幽静的公园停了下来。我已经晕得分不清自己和周围的状况了。不太清楚有谁从我身边经过，或谁正朝我走来。这种情况应该用"大意"这个词来形容吗？大意也是一种过错吗？

突然，我用余光感知到了什么！那是一双伺机寻找落单的猎物的锋利之眼，正用视线扫射着瘫坐在地的我。我感觉到他们已经明目张胆地将我定为了猎物，因为我暴露了弱点。这种感觉顿时传遍了全身！

"唉！她也是个死尸。"

我立刻清醒了！努力调整了一下坐姿，并用力睁开双眼。四个男生正慢慢走过来。虽然不知道他们的名字，但我在学校应该跟他们碰过几次面。

"搞什么？你们认识我？"

我恶狠狠地问道。

"你在这儿干什么呢？有困难的话，找哥哥们帮你啊！"

"听说你们是一群本来就不存在的人？哎哟，那之前一定很辛苦吧，每天都费劲儿地找存在感。"

"赶紧滚回你的世界，别把我们的地盘搞得一团糟。"

钟赫四处嚷嚷的那些话，看来已经成流行语了。

这几个人见我并不看他们，反倒开起玩笑来。

"别催她呀，反正她马上就要消失了。"

他们开始打量我的身体。

"啧啧，这么说这个肉体马上就没用了，对吧。"

他们突然以我为中心开始争辩。什么"女人嘴上说着不要，心里却很期待""女人嘴上说讨厌，其实很享受""女人嘴里的不可以就是可以的意思"……

他们太可怕了！简直令人毛骨悚然！我甚至还感觉到了一丝羞耻。不对啊！为什么被害者要感到羞耻呢？我咬紧牙关，拼命地观察周围，看看是否可以寻求帮助。可周围空无一人。

我瞬间被八只眼睛包围了。我拿出手机想按紧急呼叫，手机也被打掉了。

"明明是你先摆出一副楚楚可怜的样子勾引我们的啊。"

"放轻松，你也会跟着一起享受的。"

我放声大喊："别这样！"

可我越是反抗，他们就越是大力施暴。

"啊啊啊啊！"

我大声尖叫，现在能用的也只有这个了。可我这微弱的声音并不足以成为武器。

"你们这帮兔崽子！在那儿干什么呢？"

一位老奶奶在不远处喊道，她的身上还背着小宝宝。这帮男生匆忙逃走了，连卫衣穿反了都没顾上换回来。我整个人失魂落魄地瘫在那里。

医院病房的电视里播着新闻，播音员的声音比平时严肃很多。现全国范围内接连出现多起难以控制的暴力事件，施暴目标均为女学生。新闻里称之为事故，可已经有不少致死的事例了。遭排挤、离家出走、应试压力、暴力游戏……对于致死原因，一时间众说纷纭。

对已死亡的女学生，新闻里还一定要加上一段不必要的描述。比如平时和同学的关系就不好，离家出走是致死的主要原因，等等。更意外的是，这些女孩子连死了都还要挨骂。

"啧啧，现在这些孩子真可怕。"

全国上下有很多女孩子都消失了，多到无法计算，最后只剩下一串冷冰冰的数字。有些孩子甚至都不会被计入那串数字里。

我翻出手机，至少手机里还有几条信息，是那些还活着的朋友发来的。

——现在新闻里说的那个女生，据说尸体都消失了。

——这条新闻马上也会消失的。

——人们会忘掉这一切。

——我们的记忆也会被集体修正，会变得模糊。

接下来播报的是教育部颁发的特别保护措施。教育部决定落实对被害者们在指定寄宿学校进行统一隔离观察的方针。是的，你没看错，不是加害者而是被害者。这哪里是保护方针，这明明就是把她们"安全"送上死亡列车。

这时转到了天气预报，天气播音员用充满活力的声音介绍着逐渐凉爽的初秋。嗨，对大众来说，这些都可以用一句"反正是别人的事"来总结，或者是咂着嘴讽刺一句"真是世界末日啊"，然后转身投向美好事物。最后只有我们这些人，形单影只地出现在新闻的一个角落里。

空气中弥漫着沉重感，压得我实在喘不过气，我好不容易才把身体摆正。

"真理，你还好吗？"

我好像依稀听到了海拉的声音，明明自己也很难过，却先来担心我的声音。

"真理会没事儿的，你得好好的才行啊。"

艺俊的声音我好像也依稀听见了。

如果他们此刻在我身边，我一定会张开双臂、满面笑容地拥抱他们。可是没有你们，我自己怎么可能好好的呢？

我一个人可以守护好大家吗？我能等到大家重新团聚的那天吗？我在病床上一动不动，就像照片里的静止物体。

"孩子，吃点这个吧。你妈什么时候来呀？"

　　我没有理旁边病床的那家人，尽管她们很亲切。"但是我没有妈妈。拜托你们说话的时候，不要那么想当然。这世界上没有任何一句话，可以理所当然地适用于所有人。"如果我的喃喃自语没有任何人在意的话，那我和消失了的人也没什么两样。

　　海拉、艺俊，对不起。

　　我快记不住你们了。就连我要去找你们的记忆都变得模糊了。这也是最让我难受的。

　　看来我是不行了吧。

　　我被一种淡淡的绝望感笼罩着，不过却蛮淡定的，也不焦躁。一切都结束了，我没什么能做的，也没什么可期盼的。毕竟我没那么坚强。不对，我本来就是个软弱无能的人。我什么都不是。就算消失了，对这个世界也不会有任何影响。我自己苟活的结局，就是会把你们都忘掉，我活着也没办法为大家发声。这不可饶恕的世界，什么时候能把我也带走啊？我真的快承受不住了。就让我安安静静地……

　　就算是这样也要试一试啊！这句话突然一闪而过。

每当我失去意志的时候，都会想起这句话。不过"该做点儿什么呢？"，这句话本质上就是什么都做不了的意思。各种消极的情绪涌上心头后，又慢慢平复。我再次冷静下来。

是我太卑鄙了，是我不够机灵才弄丢了海拉。都是我的错。

我也不想被内心的波涛汹涌左右，可我又能坚持多久呢？我努力在脑海里寻找振奋人心的话，可是什么也想不起来。

我整理好了病床上的被褥。如果可以的话，真想把心也一起整理一下，把那些疯狂增长的情绪都整理成一小块一小块的，就像叠被子一样。我拖着沉重的脚步走出病房，爬向楼顶，旁边有两个人在说话。

"别担心了，最近这都不算是大手术了。世道真是变好了呀。"

世道变好在我听来，简直是空洞无物的一句话。难道某些方面比以前好了，就可以直接无视当下存在的问题吗？这世界就像一道题目，出题者凭心情就可以任意更换答案。其实在同学们消失之前，这世界就已经漏洞百出了。虽然某些领域的技术已经发展到了顶端水平，但有些方面却依然像过去一样陈腐不堪。

今天晚上灰蒙蒙的，浑浊的云朵无边无际。我抬头望向天空，那些乌云背后一定有星星在闪闪发亮吧。我在这片天空下看不见，并不代表星光就不存在。此时此刻我无法亲身感受，但星光闪耀下的那个世界应该是个不错的地方吧。

我刚到家就接到了爸爸的电话，他赶到医院的时候，我已经走了。嗬！一个让我独自苟活的爸爸，我才不要和他碰面。

吞噬

　　我现在彻底成"完美单身"了。不用去学校了，也没有地方可去。我能感觉到海拉的名字在手心里正被汗抹掉，我可不能让她就这样被抹去。整个世界都不在意那些消失了的人，但我过不去这关。最重要的是，绝不能忘记海拉。可我眼前一片茫然，整个世界的愤怒好像都在朝我涌来。

　　"到底该怎么做才能找到她们呢?"我用力地思考着。

　　"你应该拼尽全力试一试啊。"如果海拉在的话，她一定会这么说。

　　可问题是拼尽全力的标准是什么呢? 尽头又在哪

儿呢？我不过是想和海拉重逢而已，想和她一起吃面包、一起毕业、一起上大学，想和以前一样向对方吐露心事，一直做好朋友。我的愿望明明这么简单，可谁能料到整个世界都突变了呢。"尽全力试一试"对我来说，是一项过于沉重的课题。

从医院回来后，我有很长一段时间都在家里颓废着，没和任何人联系，也没收到过任何消息，因为大家都在接连消失。

其实关于所有人都消失了这件事，我是没有太强真实感的，因为她们连求救的声音都不曾发出，就那样悄无声息地蒸发了。而且不论我找谁说这件事情，都只会得到两种回答。要么是"这些人本来就不存在"，要么是"你不是还活着的吗，偷着乐去吧"。

人类会认为没有自我保护能力的人是弱者，总是理直气壮且置身事外地鄙视他们，并加以攻击。我真讨厌这些只会憎恨弱者的人，他们既无情又狭隘。

爸爸今天回来得很晚，到了家也一直在打电话。

如今他的眼神里早已没有以往的那种纯情了，以前的他总是很怀念妈妈。现在他的一举一动，都让人觉得无比狠毒。

他每天晚上都会去书房打电话，总是会恶狠狠地呵斥对方——"你给我好好做事!""同样的话我绝对不会再说第二次!""别在这儿浪费我的时间!""这么做事你还好意思拿工资啊?""控制你对我来说就跟玩儿似的!"……他一刻不停地说，完全不给对方说话的机会。他的声音可以让对方一直处于委屈和恐慌之中，可以置对方于不利之地。我光是旁听，都觉得心脏难受。

我觉得爸爸变得越来越可怕了。他到底是身处何等权位、做着何等伟大之事，才会这么理直气壮地命令对方呢。

我打开电脑搜了一下 Authentic Genetics，公司官网页面最先跳了出来。

用颠覆性的新药开发，梦想更安全更健康的未来。

——代表理事　蔡必林

我又看了看相关的新闻报道。

反人道主义的动物实验引起大混乱，这可以被称为"为了人类的牺牲吗"？

与陷入医疗犯罪事件的日本制药公司合并，阐明其与战争罪行无关。

违反研究所伦理方针，使用肆意买卖的卵子，引起卵子提取混乱。

好多负面的新闻报道。

我细看了一下爸爸公司的商品目录。保健食品、常备药、妊娠诊断试剂、家庭用化学药品、荷尔蒙剂、肺结核药、抗癌药、抗菌药、动物用药、医疗器械……随便看一看，就得有一百多种商品了。

看电脑的时候，有种朋友们都在我身边的感觉。她们一同消失、只有我自己在诡异的暴风中存活下来的原因，到底是什么呢？

新学期开学第一天，爸爸突然成了制药公司的社长，然后同学们开始接二连三地消失，爸爸的公司恰好还在开发新药。会不会是这个药的副作用导致她们消失了呢？可为什么这个药唯独对我没影响呢？是因为爸爸早就知道有副作用，没给我用吗？如果是这样，那这到底是什么药呢？什么药能让十八岁的女孩们一同消失，同时还能让剩下的人都改变记忆呢？

这世界很明显遭到了海啸般的袭击，可是却找不到发源地在哪里。

我决定去问爸爸。可我把卧室、书房和客厅翻了个遍，也没找到他，我甚至还跑到屋顶上去了，也没有见到他的影子。

我一直失眠到凌晨三点。

这时候突然咣当一声！家里某处传来了物体相撞的声音。我放轻脚步，朝着出声的方向走去，发现声音来自地下室。可那里平时也没人进出啊。我经过运动区域,朝里走去。里面有个紧紧关着门的房间,我一直以为是仓库,打开门之后发现爸爸居然在里面!

突然,地下室里又是一阵轰鸣声,里侧出现了一台很是眼熟的冰箱,是以前"真理烘焙"面包店厨房里的那台。

冰箱门打开后,一群人齐刷刷地往外移动。

爸爸脸上没有一丝震惊,反而一本正经地引导着这些人往外走。

我在人群中看到了演员 K,以及拿着行李跟在后面的防卫队员,他们身上还挂着橘黄色肩带。这一幕好似酒店团队在服务观光客,爸爸像导游,防卫队员像酒店门童。人群中还有一位看着极为虚弱的老人,爸爸对待他格外慎重。

爸爸和这群人一起去了停车场。这些从冰箱里走出来的人,乍一看有数十名,都屏住呼吸,隐秘地移动着。

爸爸在待命的大巴前做着引导,所有人都一言不发地坐上了观光巴士。我跑了过去，根本追不上大巴车。爸爸坐在驾驶席上，看到我后马上把头转了过去。

第二天上午，演员 K 尸体被发现的消息上了新闻，这明明就是我昨晚在地下室见到的那个人。他脸上有颗标志性的痣，最初目击者发现尸体后，马上联系了电视台。独家报道、深度报道、速报等新闻，一瞬间席卷了整个网络。

但下午的时候媒体又发布了新的速报：演员 K 死亡的消息为误报。同时当事人在家里还召开了大规模的记者见面会。

"没想到有这么多人如此关心我的情况，真的非常感谢大家。我正在准备新电影的拍摄……" K 的声音明朗到九点的新闻联播被他念成恋爱花边新闻的程度。

那我昨天晚上见到的人到底是谁呢？那个人又是从哪儿来的呢？

好奇怪，明明发现了尸体还做了尸检。警察也已经证明那具尸体就是 K，可现在他们又宣布无法证明了。那这个理直气壮用着 K 的外表和基因的人又是谁呢？

我思来想去，在心里构建了一个假设。

我打电话约勋宇出来见一面，他嘴上说着好烦，但还是输给了好奇心。

"听说之前我和你谈过恋爱？这么说有点抱歉，但现在的我可不是这种品位了。如果你想拿以前的事来纠缠，根本没戏。不过真是搞不明白，以前的我为什么会和你这种老土的女生谈恋爱啊。再怎么说选女朋友也得看脸不是。"

那个即使是开玩笑也从不会去伤害别人的勋宇、和我在一起时经常保持乐观的勋宇，看来真的消失不见了。不过，我内心并无波澜。如果这些话是从珍贵的朋友嘴里说出来的，我肯定会伤心，但很明显眼前这个勋宇对我来说没有任何意义。

"你……"

有些话已经冲到嘴边了。

"我们在一起的时候，你一直和我说，你想离开这里，你讨厌这里。你想背负着姐姐们的人生重量一起活下去。"

我努力压下这些话，只挑必要的说。

"你是不是也经历了移动的过程？也穿过了某扇门？"

勋宇露出了意味深长的笑容。

"你这是什么意思啊？"

就算是失忆，勋宇和钟赫他们的记忆未免消失得太干净了，干净到根本就是换了一个人，我昨晚见到的那些人是不是也和他们一样呢？虽然只是推测，但我心里大概已经有数了。于是更直白地问他："艺俊在以前那个世界里是个什么样的人啊？我和海拉又是什么情况？"

勋宇的表情变得有些扭曲。

"变态早就自杀了，结果到这儿他居然还活着，所以我们才叫他'变态僵尸'啊。"

我无声地干咽了一下。

"还有你和其他人原本就不存在的。我们原来上的就是男校，现在只不过是把我们的学校复原了而已。不管是艺俊还是你，或者其他人，都只是各归其位。这个世界本来就是这样，你总有一天会明白的。"

勋宇中了我的圈套，他的回答等于承认了有两个世界的事实。同时还暗示了一件事：如果想要在这个世界活下去，就必须吞噬掉这个世界的一部分。

如果同一个世界有两个一模一样的人，那是不是只有杀掉对方，自己才能存活？

"你也是到这儿之后，就把自己杀掉了吗？"我想起了演员 K 的新闻，挑衅地问道。

"你是想给我扣上杀人犯的帽子？法律并没有规定不能自己杀自己啊！"

勋宇并没有否定我的假设，不对，应该说他干净利落地承认了这件事。

"嗯，这个该怎么形容呢。这就像是一部伟大的英雄史诗。我们凭实力迎来了今天的生活，而且有充分的资格享受此刻在我们眼前展开的世界。"

　　勋宇像个音乐剧演员似的在那儿夸张地絮叨着。

　　"当时他在那儿念叨着什么生存的权利，什么自己死了的话可怎么办啊。不是，我就纳闷了。这么怕死那就行动起来啊，光嘴上念叨有什么用。他还说什么如果他死了，谁来听你诉说心事。嗨，最后还不是成了一具死尸。"

　　我深爱的勋宇就这么被杀掉了。看到我怅然若失，眼前的这个勋宇很是得意扬扬。

　　"现在明白了吧？这个世界很残酷，有实力才能过这一关。"

　　我居然和一个杀人犯对视着，真是不寒而栗。我往后退了几步。这些杀人犯就因为杀的是自己，有完美的不在场证明，所以都气焰嚣张地逃脱了法网。就算尸体被发现，就算尸体的指纹和自己的一模一样，他们也会耸耸肩一笑了之，说自己什么都不知道。

　　我张开干到不行的嘴。

　　"杀掉自己或许不能算是杀人犯，因为迄今为止还从未有过先例。可你知道比杀掉自己更可怕的事情是什么吗？是你对待这件事的态度！这样下去，以后你杀了别人也会是这种态度，会因为没有明确规定而一直钻法律的空子。以后不管做什么坏事，你都会将它合理化。不论是伤害自己还是伤害他人，你都会无比理直气壮！"

这个卑鄙的杀人犯居然大声笑了起来，着实连脸都不要了。

像他这种把自己的杀人行为合理化的人，以后应该会把所谓的"合法行为"挂在嘴边，也会投机取巧地把违法犯罪美化成懂得变通；会对自己犯下的滔天罪行表现得若无其事，会令人发指。他们还会把这套荒谬的理论灌输给所有人，如果大家对这样的行为表示战栗不安，会被他们认为是小题大做。

我之所以觉得勋宇和钟赫他们令人发指，并不是因为他们是男生、是江南有钱人家的孩子，或是经历过两个世界的人，而是因为他们可以毫不犹豫地就杀死自己。他们和我们只是记忆不同，可正是这一点，让他们看起来格外惊悚。

那个勋宇已经离开了。我感觉自己被狠狠地侮辱了，因为我根本就无处可告发这个杀人犯。而且更绝望的是，真正的勋宇再也不会回来了。

我曾经想过要和勋宇一起上大学，一起去进修语言，一起去国外旅行；一起认识有趣的人，感受各种有趣的事，向对方分享好消息，互相依赖对方。这些本来都是些很普通的愿望，谁知现在却成了一场虚无缥缈的梦。

我无比思念已经消失的勋宇，也绝对无法原谅活下来的勋宇。我只能一个人留在原地号啕大哭。

第二部

再次重逢的世界

女儿的名字

1990 年

　　崔以英一直在想那则语音留言。某天，夫妇俩的生活里突然闯入了一个孩子的声音：有个陌生的孩子在电话里迫切地悲鸣着。以英认为一定是打错了，可那则语音留言里的孩子，仿佛一直在追问她：为什么要无视自己。

　　听到这孩子的留言，是在某个周五的晚上。

　　那晚以英失眠了，她索性起来等还没下班的必林回来。今天她难得请了年假，婆婆又来了通电话。关于这两件事，她必须和必林好好说一说。

　　以英的父母都是普通人。对他们那代人来说，糊口是人生第一大事，除了吃饱饭，其他事情都是次要的，所以人都差不多一样，狭隘得很。那时候以英的朋友家里，也都有各自难念的经。总之，那个年代有很多让人难以接受的事情。必林的老家所在地是一个保守的村子，以传统文化体验项目和旅游特产闻名。以英结婚后，还感受到了浓郁的地域特色。

　　以英看着父母那代人，觉得为人父母并不是一件人人都可以做到的事。

　　必林回家时，脸红扑扑的，还哼着小曲。说是公司聚餐，好像还真喝醉了。他一门心思都扑在工作上，越拼命工作心里越痛快。那时候，他作为研究员参与了一个机密项目，每天都是一副"即将要拿诺贝尔奖"的架势。以英打了个手势让他坐下。

　　"老公，你坐下，我有话要说。"

　　"我也是。"必林一脸灿烂地回答道。

　　"那你先说吧。"

　　"我最近工作很顺利，虽然只是口头承诺，但上面已经保证会给我升职了。如果产品卖得好，还会有绩效奖金。我还以为只有电影演员才有机会分红呢。嘿嘿，公司分给我的股权也在一路上涨，我现在连中彩票的人都不羡慕！老婆你现在可以辞掉工作，专心操持家里了！"

必林正得意扬扬着，一直面无表情的以英皱眉反问："这就是你要说的话？"

"什么意思啊？"

"我说过，我没办法做家庭主妇。"

"哎呀，谁让你做家庭主妇啦。我的意思是，你可以舒舒服服地发展一下兴趣爱好，做做志愿活动，然后顺便操持一下家里……"

"别再说了，我说了不做就是不做。"

以英说得过于斩钉截铁，弄得必林有些沮丧，表情也不太好。他平复了一下激动的情绪，冷静地接着说："看来你还是不够累啊，上班对你来说还是蛮轻松的吧？我们公司也是一样的。年轻的、快嫁人的、快生孩子的女人……总之这类女人会被当作随时可能会甩手不干了的人。所以，公司从来不会把长期项目交给她们。"

"你什么意思？对你来说我上班就这么不堪？"

"不是不是，这不是在家里嘛，所以我就直说了。女人不管再怎么有野心、再怎么能干，也不会被重用，这就是世间真理。不然长期项目出现了停滞期，谁来负责？公司又不是什么'独立支援中心'。所以说，你就别费那个劲儿了，还是辞了工作一边实现自我……"

以英只觉得心累，每天在公司都要听的迂腐陈词，如今家里也有人说了。

"今天你妈也说了一模一样的陈词滥调，你们母子为什么都这么对我啊？"

"我妈来电话啦？"

"嗯。"

"她说了什么？"

"让我生孩子，怕我断了你们蔡家的香火。不知道的还以为你们家有皇位要继承呢！都什么年代了，还说怕断了香火这种话。"

"哎呀，她说的话你别往心里去。不过亲爱的，你不觉得如果我们有个孩子，人生会变得不一样吗？"

"我就料到你会这么说，你们母子俩串通好的吧？"

"串通什么呀，每次我为了不让她唠叨要费好多力气呢。你不是也知道嘛，我一直很努力地在你俩中间协调。"

必林因为涨工资的事儿，试图怂恿以英辞职。可以英并不在乎他的工资有多高，也没有按照他期望的去做。不过以后会怎么样，以英自己也不敢保证。必林瞥了她一眼，为了缓和气氛便换了个话题。

"亲爱的，今天有个奇怪的事儿。"

"怎么了？"

"公司不是有紧急联系的 BP 机嘛，我今天收到了一条奇怪的留言。"

必林用家里的电话把留言重新放了一遍。

"爸爸！我是真理！爸爸救救我！朋友们全都消失了！艺俊死了，海拉也从我眼前消失了。但是并没有人去找她们。求你在那边把一切都恢复原样吧！再这么下去，我真的会疯掉的！求你了爸爸！"

口口声声喊着爸爸的女孩哽咽着，声音甚是迫切。

"这是什么情况？说自己被绑架了然后骗钱吗？新型诈骗？"

那时候只有医生、军人，或是在暗处工作的政府机关要员，还有像必林这种参与新技术、新物质开发等绝密项目的人才有无线 BP 机。难道是知道这个情况，所以故意来敲诈的吗？以英满心疑惑，必林却没当回事儿。

"我们怎么可能会有女儿呢，除非你改变心意了。"

以英让必林端端正正地坐好，和他讲了今天请年假的理由。

"我去了趟妇产科。"

必林喜出望外，猛地站起身来，差点没朝后仰过去。

"真的假的？老婆！我们终于要有孩子啦？"

必林的脸比刚到家时还要红。以英想起今天下午婆婆在电话里的唠叨，脸色更难看了。

"你干吗这样，医生说什么了，最近不是会提前告诉性别的嘛。"

"孩子的衣服，让准备粉色的。"

"啊……这样啊。"

必林轻叹了口气后，又换上了笑脸。

"不是都说大女儿能帮衬家里嘛，那咱们二胎再生个儿子就行了。我现在的工资完全可以养得起俩孩子。"

以英实在是忍不住了，整个人勃然大怒。

"大女儿怎么就成帮衬家里的人了？难道她从一开始就没有自己的人生吗？难道她就是为了帮衬父母和供弟弟上学才出生的吗？"

以英自己就是家里的大女儿，所以经常会听到这种话。没想到必林居然和老一辈人说一模一样的话。以英为老公这份世袭的陈腐感到虚脱无力。

"我不是那个意思，我会成为一个好爸爸的。"

以英挣开他的手，回了房间。说是一起商量，可他的答案已经很明显了。生育这件事，最需要优先考虑的是生育者的身体状况和以后的情况。这种时候以英觉得该相信的是自己的决心，而不是老公嘴上的保证。

"本来以为他只是单纯的无知，看在他为人还算爽快和实在的分儿上，我以为自己可以把他调教过来。现在看来，可真是大错特错。"

以英躺在床上，想起了大学时光。想起自己和必林在校园里散步，在幽静的丛林里偷偷接吻，还有被一堆朋友围观求婚的事儿。那时候大家都在拍手起哄，让她答应必林，让他们两个亲一下。以英很讨厌这种被强迫的感觉，便拼命逃跑了。必林像个傻瓜似的在后面追，玫瑰花撒了一地。陈年往事就这么一件件重新浮现在脑海。

必林曾经指着学校纪念碑上刻的"真理与使命"说过，如果生女孩就叫真理，生男孩就叫使命。哼！总之是个没劲的男人。但他不是那种怀有恶意的人，而且也足够正直，所以以英还是和他结了婚。

"起名字至少也得起'罗拉'这种的啊，和边镇燮的歌同名。"

以英起身去了客厅，问靠在沙发上打瞌睡的必林：

"留言里的那个孩子，叫什么来着?"

必林似睡非睡地回答："她说自己叫真理。"

*

以英在工作和育儿之间陷入了两难。至于老公和婆婆嘴里的"大女儿能帮衬家里"和"再生个儿子"并不在她的考虑范围之内。

这就是世间真理。不然长期项目出现了停滞期，谁来负责? 公司又不是什么"独立支援中心"。

本是毫无价值、该一口回绝的话，听着无情，实际上却现实得很。

以英在公司做的是行政类的工作。她的工作不像跑业务或是做开发的那样，业绩可以全部数字化。公司会把行政部称为公司的母亲或者公司的婆婆。该部门的女同事之间还会开玩笑，说自己在公司做后勤，在家里还要做后勤，这么做下去都要成后勤大王了。行政类的工作就像行李，如果没人去处理，就会一直堆积在那儿。以英觉得自己就像一直被消耗的附属零件，从未有过单独发光的机会，就跟公司的铅笔芯、墨水和两面纸一样。她觉得自己不应该结婚，该再多学习点，该再攻读个学位，该去趟外国，该多去旅行，该早点买房子……所有没能走的路、没能做的事现在都成了遗憾。按照这么个活法，她觉得自己的人生就只剩下后悔了。

大学同级同学惠恩经常会这么说：

"对女人来说，二十九、三十三、三十七是凶年，是应该破财消灾的年龄。"

惠恩还感叹："哎哟，只要能顺利度过这三年，我就别无所求了。"

想要在韩国生活就得明白，那些高举"女人多少多少岁是个坎儿"大旗的人说的确实属实。

早早就宣布自己是不婚主义的恩亨加入了讨论。

"我们应该做好准备。应该拼命赚钱，还得关注一下独居老人的问题。谁能保证自己以后不会成为独居老人呢。"

恩亨的语气虽然很搞笑，但这话听着并不能笑得出来。

以英掐指算了算自己现在所拥有的。她有一份在别人看来安稳的工作，以及一个只会埋头苦干、不会出轨的老公。光是这两点，就已经够她的朋友们羡慕的了。"你不是做着自己想做的事吗？""也不用你补贴家用""听说你老公挺能赚的""还不用伺候孩子""看着就有福气""好羡慕你""跟你一比，我实在是……哎，别提了"……

以英渐渐也习惯了听她们说这些有的没的。不过，如果谁家的孩子开始上学了，这个人就很少会来参加同学聚会了。后来大家定期聚会的次数也变少了。以英有时会觉得孤独，但她也明白，不想孤独也是需要付出一定代价的。

相差五岁的弟弟大学毕业之后，以英生平第一次背上背包去旅行。她痛快地花掉了结婚用的钱，还因此被父母狠狠地骂了一通。那是她第一次为自己的快乐买单，第一次有解放了的感觉。离开那天，她既害怕又激动。返程时，连赶路的疲劳她都觉得无比珍贵。可幸福的独处时光并没有持续多久，因为旅行回来后，她就结婚了。以英隐约回想起自己那份果敢的行动力，那份魄力可以随时带自己去任何新的世界。可现在她被关在了所谓平稳生活的牢笼里，还是和丈夫一起。说走就走只能想想，不能真的去做。并不是拥有一双合适的鞋，就可以马上去旅行。如果你追求的是可以一眼望到头的安稳生活，那你人生中就已经没有旅行这一说了。不过你将开始比旅行更为艰辛的冒险，它的名字叫"日常生活"。

"做妈妈是种怎样的冒险呢？"以英苦恼着。

爸爸！我是真理！爸爸救救我！朋友们全都

消失了！艺俊死了，海拉也从我眼前消失了。但是并没有人去找她们。求你在那边把一切都恢复原样吧！再这么下去，我真的会疯掉的！求你了爸爸！

以英还是决定把这个孩子打掉。必林嘴上说尊重她的选择，但一直都闷闷不乐，前一天还搬出"打胎是违法的"这句话来吓唬她。可对她来说，打胎是自己的选择，不管怎么样都应该把自己的身体放在第一位。并且，以英认为和自己身体有关的事情，国家是无权干涉的。每年有数十万人打胎，如果非要说这是违法行为，那自己也不得不加入这支违法队伍。

以英还一直放心不下必林 BP 机里的那个声音，心里总想着那个叫真理的孩子。可如今这孩子已经和她毫无关系了。

505 505 505 505······

2007 年

四十岁过后,以英提出了离职。

"难不成离了这家公司,我还找不到工作了?"

离职的时候很痛快,可四十岁女性的就业机会确实不是一般的渺茫。就算是工资少得可怜的职位,也堂而皇之地告示着有年龄限制。这种厚颜无耻的招聘启事,光是读着就让人窒息。拿"公司是员工温暖的家"当借口,明目张胆地压榨员工。"招聘年轻女性"的真正目的是"招聘接受低薪和乖乖顺从老板的女性"。

离职后，以英发现周遭的人开始用奇怪的眼光看待自己。人们对一个不再年轻又没有所属单位的女人，要么看不起她，要么就是对她漠不关心。

"您是做什么的？有孩子吗？"

"最近没有工作，在休息。没有孩子。"

然后就没有然后了。仿佛和一个没有所属单位、无法被简单归类的女人没什么好说的，仿佛也不想听这种女人说话，仿佛这种女人不是主动离职而是被辞退的人似的。

跳槽失败后，以英开始打零工。她尝试了好几份家庭主妇经常做的低薪工作。明明这些工作也是维持社会正常运转的一环，可就是会被看不起。不管做得多努力，还是会被轻蔑。人们会觉得这种活儿是个人都能做，所以只会把她们当作廉价劳动力。这种大环境下，就算自己再怎么觉得有意义，也还是会被伤到自尊心。对应劳动强度，再看看比最低时薪还要低的工资，这简直就是一种侮辱。以英在烤肉店打工的时候，觉得自己像个透明人，根本没有存在感。为了区区几千块、几万块钱就要忍受嚷嚷着维权的变态客人，她的心早就被磨成一盘碎沙了。她忍不住爆发几次后，被烤肉店辞退了。打零工就是这样，经常会发生让人心惊肉跳的事。

"我当初说什么来着，刚结婚的时候就让你辞掉工作，一边操持家里一边考个资格证什么的多好。人活着应该把眼光放长远一些。"

必林的话有些许嘲讽的意味。不久前，必林辞了制药公司的工作开了个面包店，宣称要用自己研发的酵母做有机面包。所以，他现在很是反对以英辞职，自己现在成个体户了，本想着从她那里借份力的。

"我早就料到了。所以说我赚得多的时候，你干吗不辞了工作舒舒服服地过日子呢……"

从亲近的人嘴里听到嘲讽之词是很难承受的。就算他不说这些，以英每天也都活在觉得自己毫无价值的心理折磨之中。必林的嘲讽甚至让以英开始疑惑，是不是他正盼着自己找不到工作。

有天，以英正在电脑前看着招聘启事，突然晕倒在地，双手还紧紧捂着肚子。去内科看病，结果人家让她去神经科，原来她得了神经性胃炎。真正需要清理的不是她的胃，而是她的心，在这些看似无害，实际上却无比难听的话还没把心完全腐蚀掉之前，得把它们统统清理出去。

以英和心理咨询师倾诉了很多。有些事情刚发生时并不会太在意，重提的瞬间发现有太多话想说了。她自己都没想到。家长里短、公司的糟心事，以及再怎么努力工作都得不到尊重、朋友之间的往来……看似都是一些发发牢骚就能翻篇儿的事，她却一直憋在心里久久不能平复，甚至都意识不到这些事情在无形中沉淀成了腐烂之物。

说着说着，以英又想起了十七年前那个素未谋面的女孩发来的语音留言。

"我总觉得自己好像漏掉了什么特别重要的事情，心里特别不好受。我这个人就是这样，每次都是后知后觉，然后开始后悔。我怎么就能百分百确定那通留言就是打错的呢？"她还回忆起了自己去派出所咨询的场景。

"他们说没办法调查通信信息，我也就没再深究。当时觉得，也有可能是大学时期就认识我俩的人想敲诈也说不定。可没想到这件事让我一直记挂到今天。"

语音留言里那个哀切的女声，现在回想起来还是觉得无比真切。以英看着一脸无精打采的心理咨询师，赶忙调整了一下坐姿。

"居然还回忆起了这么多年前的事，看来我最近的状态是真的不太好。"

心理咨询师摇了摇头。

"一般情况下，把微不足道的瞬间也看得很重的人，心理创伤也会持续得比较久。"

以英听了心理咨询师的安慰后，把头又靠回了沙发上。

"如果就因为我没把这留言当回事儿，那个孩子遭遇了什么不测，可怎么办？她会不会一直在等我的帮助呢？"

"哪怕实际上并不存在的事物，人类也会对它产生感情。会对着电视剧或者小说里的人物又哭又笑，看着跳舞的假人偶也会觉得可怜。我可以感受到崔以英女士是一个温柔又善良的人。从这一点来讲，您完全可以为自己感到自豪。"

以英离开了咨询室，自己并不是为了听表扬才来的。且自打从咨询师嘴里说出"实际上并不存在的事物"后，以英就没心思再听她说话了。

虽然这是很久之前的留言，但一直都刻在以英的心里，她每每想起都还是会觉得抱歉。感觉这件事象征着自己是多么无情和无力。尽管她下定决心绝不会就此忘记这件事，痛苦还是没有缓解，一直存在着。即使大部分时间，她在遗忘中度过。为了减少愧疚感，以英给自己找了很多借口，也防止自己的内心被腐蚀掉。

"我们，要不要领养一个孩子？"

刚和必林倾诉完，他就提出了这个建议，好像早就想好对策一般。以英叹了口气。她并不是突然产生了姗姗来迟的母爱，也并不需要一个用于释放爱意的

　　对象，她只是担心那个孩子，仅此而已。

　　如果去帮助每一个向自己求助的人，那这日子就没法过了。可为什么偏偏是我们呢？为什么会管必林叫爸爸呢？不知道那孩子现在过得怎么样……

　　以英时常会祈祷，祈祷那个孩子可以安全、健康地度过每一天。每个祈祷的瞬间，她都有想减轻负罪感的私心。

　　第二天，以英在预定时间前就到达了心理咨询室。她先去了楼顶的吸烟区，一个女学生正一边抽烟一边看着什么东西。恩星看到以英后，把烟藏到了身后。以英并没有要责怪她的意思，反而被她手里的 BP 机吸引了注意力。恩星感觉到了她对 BP 机的关注。

　　"可以问您点事情吗？据说 0124 是'永远爱你'的意思[1]，01279 代表'永远的朋友'，请问您了解这种BP 机用户的数字暗号吗？"

---

1 此章出现的一串串数字各代表某种含义，均为韩语谐音梗。

以英回忆起了自己年轻的时候。

"当然了，0127942代表'永远的朋友关系'，1010235是'无比爱慕'的意思。"

"那您知道505是什么意思吗？我的BB机上有8282505这串数字。"

"是SOS。"

"啊，原来这个505代表的不是数字的发音，而是SOS。那就是快点来救我的意思？"

以英微笑着，也抽了口烟。

"看来对方很着急啊，赶紧联系他看看吧。"

"啊……已经晚了，这条信息是我出生前发过来的。"

恩星把烟掐掉，和以英简单地告了别，然后向屋顶大门走去。

爸爸！我是真理！

以英突然想起来，那天晚上和这通语音留言一同到达必林BB机上的，还有这串数字——

8282505 505 505 505······

那时候被无视掉的求救信号，原来不止发给了以英夫妇二人。

"请等一下！"

以英请恩星详细地说一下事情经过。

"说来也许难以置信······"

恩星深深地叹了口气，还没开始说事情经过，就已经一脸倦怠了。

"阿姨会相信的，就因为以前我选择不相信，所以现在饱受折磨。"

听到这话，恩星的眼神变得明亮了一些。

"我本来有一个双胞胎妹妹，据说生产时必须放弃其中的一个，不然母女都保不住性命。所以我就凑巧活了下来，真的只是凑巧活了下来。并不是说我的妹妹得了什么病，或是先天性体弱，我只是运气好而已。就算那时候被放弃的人是我也合情合理。"

恩星语气诚恳，语速却很快。她叙述得过快，以至于话里那些复杂的情绪都跟着一起飘过去了。

"我经常会听到这种话：幸好你活下来了。可这话在我听来，就像是一句诘问。如果活下来的是妹妹，他们也还是会这样说的。"

埋怨的话说出口就随风飘走了，不会停留太久。反倒是以英听得一肚子火。

"就是说啊，说者无意，听者有心。有时候我会觉得，说那些话的人真是又蠢又坏。"

"其实妹妹这个称呼也很搞笑，就因为没能出生、晚了一步，就被称为妹妹。二选一这种事拼的又不是速度。"

以英点了点头。

"但我确实很喜欢妹妹这个称呼，它听起来朗朗上口，这代表着我是某个人的姐姐。"

以英跟着点了点头，好像自己能理解这种感情似的。

"我妈妈在医院工作，二十多年来，她都随身带着 BP 机。据说这通呼叫是我出生的时候发来的。8282505 505 505 505……有个女学生大声喊着'妈妈救救我'，那个女生说自己叫恩星。"

恩星给以英看了 BP 机的目录。

"这些都是什么呀？"

"几百条消息，讲的都是 2007 年的事，发送时间却是 1990 年。"

以英又想起必林 BP 机里的那条语音信息。但现在是 2007 年，除非必林有个隐藏多年的女儿，不然不可能有人叫他爸爸呀……

"去年妈妈把 BP 机给我了。她很担心今年在我身上会发生什么事，大家都以为那通信息是未来的我发给过去的妈妈的。但什么事也没发生，信息也不是我发的。"

"那是谁发的呢？"

"是我的双胞胎妹妹，她现在正在某个地方生活着。"

以英想到必林 BP 机里的声音。

"难道说……"

"看，我说过难以置信吧。"

"不是不是，我和我老公也收到过 BP 机信息。"

"是之前收到的吗？"

以英慢慢点了点头。

"是在 1990 年的时候，某个女孩发来的。她管我老公叫爸爸，可是我俩根本就没有孩子啊。一直都没要孩子。"

恩星对陷入沉思的以英说道：

"我收到的信息里还有妹妹朋友们的故事，具体细节都描述得很详细，所以我还找过她们。"

"所以呢？她们都像信息里说的那样吗？"

"并没有。"恩星摇了摇头。

"怎么了，那是什么情况？"

"我一个人也没找到，妹妹说的那些朋友都是不存在的人。"

"啊……"

"她们都有共同点，都是一群从未出生过的人。"

"从未出生过？"

"我还去了她们父母经营的店，还找过她们的家里。有几户人家的主人说，自己曾经打过胎，如果孩子还活着，现在应该上高二了。"

"孩子多大？"

"都是 1990 年出生的和我同岁的孩子。"

十七年前的话，正是以英打胎的那年。虽然各自的理由不同，但以英大学同期的同学也有在 1990 年打过胎。以英隐约记得那年好像是有过什么事来着。

　　　　她说自己叫真理。

以英仔细回想了一下曾经不愿面对的场景。如果那时候把女儿生下来了，现在也该上高二了。可语音留言里，她只找了爸爸，为什么不找妈妈呢？难道她们之间也只有一个人能活下来吗？

"难道如果当初我选择生下她……"

恩星和双胞胎妹妹，就好像以英和未能出生的女儿，女儿活在某个没有妈妈的地方，向这里的爸爸求救。以英陷入了复杂的思想旋涡，恩星连忙问道："您还好吗？"

以英抬起头，看来 BP 机里的那个声音真的和自己有关系！

"如果那些信息是从 2007 年发过来的，那现在不是正好可以救她们吗？"

"看来您也觉得没办法再置身事外了是吗，我也是这么想的。"

和恩星分开后，以英反复地琢磨。2007 年该上高二的孩子却没能出生，那算起来这些都是本该在 1990 年出生的孩子，而且还都是女孩子。

以英无意中听到了新闻。2007 年据说是时隔六百年，再次轮回来的黄金猪年，2000 年是生育高峰年，1990 年是生女凶年。新闻中同时提到了 2007 和 1990 这两个年份。1990 年有很多女性打掉了女胎，其中有人是迫于丈夫和婆家的压力打掉的。新闻里还报道了 1990 年新生女婴的统计数据，之前男女新生儿的比例是 100：89，1990 年却降到了 100：85。只有女孩的出生比例降低了，那时候大环境不允许她们出生。

　　如果那些孩子都正常出生，现在刚好该上高二了。以英当年并不是因为性别才打胎，可她心里终归还是不舒服。当时婆家知道她的选择后，什么都没说。如果她怀的是个男孩，婆家还会默不作声吗？婆婆应该就算是光着脚，也会跑来首尔拦住她的吧。那时候人们整体都处于未开化的状态，以英觉得自己和别人不一样，可没想到自己身上还是发生了这种野蛮的事情。不过，这些问题仅仅存在于那个年代吗？恐怕不是。这世界上有多少女人，她们各自面临的问题加起来就有多少。

　　以英想象了一下恩星收到信息后四处奔波的模样，自己当初选择了遗忘和回避，可恩星却实实在在地付出了行动。以英算是见识到了年青一代女性的洞察力和行动力。她作为长辈，既欣慰又觉得抱歉，自己这一代人留给下一代的问题太多了。看着年青一代下决心要解决问题的样子，她很是羞愧。

　　以英总是悲观地看待这个世界。虽然个别政策有所改善，但整体来看，世界一直都是这么不可理喻。

她同时也会因为自己没能成为理想中的模样而自责。学校、工作场所、朋友聚会上、网络评论区、大街上……人类的冷漠和无礼随处可见。说者轻飘飘的一句话，无论是直接的还是间接的，对听者来说都是严重的言语暴力。刚开始，以英还会用尽全身力气去反抗，后来被折腾到身心疲惫，她也不得不向暴力投降了。比起与暴力正面开战，避而不见才是上策。仿佛只要置身事外，这些问题自然而然就会消失。

但并不是所有人都像她这样。她身边有很多人开始随母姓，也有朋友打电话来拜托她在"废除户主制度"的请愿书上签名。逛书店的时候，她会发现有 *Eve* 这种女性主义杂志，第一次在上面看到了"婚内强奸""约会强奸"等词语。这些都促使以英用新的眼光看待这个世界。自称是商业领头人的人，一本正经地忠告大众不要过于相信所谓的微观理论。以英听到这话发出一声苦笑。生活并不是在纸上谈谈就能过好的，只是坐着指点江山根本无法与做出实际行动相提并论。和生活有关的问题也远比政治以及姗姗来迟的制度要急迫。回头想想会发现，女性是最先感知到这些问题，也是最无法忍受这些问题的群体。当然，更是发出最大声音的抗争群体。

这世界真的在改变着。有人在这场革命中献出了自己的生命，但胜利的果实造福的是所有人。

不久后，以英在咨询室的屋顶上再次见到了恩星。恩星把自己知道的几件事都告诉了以英。

"如果我们可以收到过去发来的信息，那说明肯定也有可以回信的通道，而且这通道就在我们身边。"

以英相信她说的。恩星是个时刻记挂着救人、勇敢直面这世界的人，她说的话必须相信！

"真理啊，抱歉我来迟了，我一定会为你做点什么的，在更迟之前。"

所谓我们

　　之前差点强奸我的那群男生又跑到别处作恶，这次被逮个正着。可没想到他们被从轻处理了，现在又重新大摇大摆地出现在大街上。这个结果对我来讲，简直是奇耻大辱。"人道主义"这个词可不是用来维护加害者的！至少这不符合我的标准。

　　我花了很长时间才想明白，这世上没有任何人可以限制我的自由。不久后，我转学去了东英女高，我爸以为我终于收心了很是高兴。但实际上我假装乖乖守规矩，只是为了让他安心而已。我要是真收了心，说不定会变成极端的恐怖分子！

　　听说松林高中成了男高以后，所有在籍女学生的记录也都消失了。我本想故作坚强，谁知脸上的表情却一团糟。所有上过松林高中的女生都联系不上，这下只有我一个人成"失误"了。

我以这段时间都在家自学为由，插班到了东英女高高二的某个班。为了能加入"她们"，我甚至要说谎，心情很是不爽。不对，应该说是浑身难受。感觉之前的生活都不复存在了似的。

杀人犯们大摇大摆地在街上晃荡。看到那些以前认识的人如今带着陌生的眼神，我都会心生忌惮，想到有这么多人被"自己"杀死了，真是毛骨悚然。

东英女高是我初中同学智妍上过的学校。听说原来一个班会安排四十个人，现在一个班只有三十一二人。转学那天，我把高二年级相关的信息前后看了个遍，可没有发现一丝关于智妍的痕迹。

"你知道（4）班的智妍吗？"

被问到的同学都会摇头，不然就是认识同名异姓的智妍。每次听到和期望中不一致的答案，我的心里都会咯噔一下。

　　我在这里比在松林高中还要孤独。之前因为男生们记忆空白、共情无能，他们还以此为傲，所以我觉得自己孤独。现在是因为这里的女生对我们的事情毫不关心，我感到失望。如果和海拉倾诉，她会是什么反应呢？

　　"你应该对值得期待的人抱有期待，如果把手里的箭一股脑儿地都射出去，不就脱靶了吗？"

　　我脑子里想着海拉可能会说的话，自言自语着。

　　放弃在这所学校交朋友之后，我变得和透明人差不多。不过，我也没有故意与人为敌，毕竟还要打听智妍的事，因此我的脸上总是挂着假笑。可能大家也看得出来我在装假吧，所以也没什么人来找我玩儿。

　　午休的时候，我经常会去操场找个阴凉地儿打发时间，也会默默地观察其他同学。田径队的人每天都会在操场训练，天气不好的时候也不例外。每次看到她们在大雨中训练，我心里都会不好受。总觉得这些做体育特长生的女孩子好可怜，她们对自己的身体连最起码的支配权都没有。她们的现在无一例外地被教练、被老师、被名为"国家代表"的未来支配着。我心里清楚自己操心过头了，但我的真实想法就是这样的，尤其是看到教练把体罚这种古板恶习当成是定期训练的时候。

"哇！创造了新纪录！"

声音此起彼伏，教练和田径队的学生在赛道内嗖嗖嗖地奔跑着，这是训练了多久才取得的成果啊。这种喜悦可能是我这辈子都无法感受到的吧。其他同学也都围过来看她们。大家围成了一个圈，在齐声祝贺一个非常高挑的女生。她的表情还有点蒙。我眼前突然出现了海拉和艺俊的模样，他们也这样兴高采烈地感受着这份生机勃勃的喜悦，而我也被朋友们包围着。可眨眼间，这幅景象就化作一股青烟消失了。

我越发被孤立在人群之外，很多时候都是一副失魂落魄的样子。最要命的是，以前的记忆经常会变得模糊。每天早上翻开备忘录都会想起自己应该做的事：在手掌心写下海拉和艺俊的名字。

直到现在，我也没碰到认识智妍的人。不过受挫了几次后，我又会重拾信心。心想，不是还有没问过的同学吗？应该再打听一下才是。可同时又会害怕，如果把全校学生都问一遍，也还是没有答案该怎么办？我每天都在"把全校学生都问一遍"和"我谁也不想见了"两个想法之间来回切换。

直到听到了某个同学的玩笑。

"智妍这个名字，听起来很像恩星纯情漫画里的人物。"

"漫画？"

"你不知道朴恩星吗？她的存在感高到让人很难忽视欸。"

我把头紧紧地贴在高二（4）班的后门上，有个女生听说我想见朴恩星之后转头就走了。过了一会儿，走廊里传来了爽快又洪亮的声音。

"你认识张智妍？"

智妍的名字被某个人利落地喊着，光是这一点就足以让我心安了。我的声音有些颤抖："你认识智妍？"

恩星的短发被走廊窗边的风吹得飘了起来，脱离了外层头发的掩护，里面是一层蓝绿色的头发。恩星穿着和校服裙子同款布料的裤子。穿裤子的女生，全校只有她一个。看我一直盯着裤子看，恩星开口解释了一下，神奇的是，她的语速很快但不会给人絮叨的感觉。

"啊，这个？这个是我自己做的。我只是想把校服弄得时尚一些，没想到在网上火了，大家都以为这就是咱们学校的校服呢，也有人因为这条裤子想来咱们学校上学。据说明年开始，学校会把这个定为正式的校服。"

折一下裤子的下摆，还可以看到里面内衬的颜色。恩星调皮地笑了一下，那是没有丝毫掩饰、可以看得见虎牙和牙龈的笑容。

"真好看，冬天穿也会比较暖和。"

她是一个可以创造新秩序的人，我就没这本领。听路过的同学和恩星闲聊了两句，我才知道原来她就是前两天那个被大家祝贺的田径队员。

"你是田径队的？"

"对啊，而且我还是队里的王牌呢。"

她到底是何方神圣？这不就是漫画主人公嘛，能轻轻松松地赢得所有人的瞩目和喜爱。

"在田径队是不是很辛苦？"

"超级辛苦，跑起来就跟疯了一样。"恩星一脸若无其事地说道。

"但也很有趣吧，所以你才一直坚持到现在？"

我为自己之前有可怜她们的想法感到抱歉，田径也有它的趣味性。

"智妍是我们班的人，在消失之前。"

"我问过（4）班的同学，大家都说没印象。"

恩星意味深长地笑了。从那副表情里，我读到了两点：一、她什么都知道，但从未对其他人提起过。二、她以为只有自己记得，所以才不和任何人提起。

"你，还记得……？"

恩星点头示意。我握紧每天早上都会用油性笔写下海拉、艺俊名字的手，长叹了一口气。终于见到同类了！终于找到可以一起谈论这些事的人了！

　　在恩星带来的这股清爽空气面前，那些我厌烦透顶的无力感也自动退场了。如此清爽真是太久违了，突然感觉生活一下子多了很多可能性——一起思考对策的可能性、有所改变的可能性、开启新篇章的可能性、结束被孤立的可能性，最重要的是，和海拉、艺俊还有智妍他们重逢的可能性……这些我一个人无法完成的事情，如今有了携手并肩的同行者。

　　恩星不由分说地挽起我的胳膊："我要去社团活动室了，你要不要一起来？"

　　虽然是个问句，可她并没给我回答的机会，直接带着我一路飞奔。

　　"社团？你说的不会是田径队吧？"

　　"是纯情漫画研究部啦！"

　　恩星轻盈地踏着楼梯台阶。我看到了关得死死的屋顶大门。官方说是为了防护，说白了是为了防止有人跑来屋顶自杀。恩星打开了大门旁边的那扇小门。

　　进去后，屋里的五个人齐刷刷地抬了下头，大家好像都在忙着画草稿。恩星开口向她们介绍我：

"同学们，我打算让转校生加入我们社团。"

"不是，我不是为了加入社团才来的……"

恩星打断了我的话。

"真理也是幸存者，她和我们共享的是同一份记忆。"

大家顿时停下了手中的动作望向我，然后慢慢起身向我走过来，就像电影里的慢镜头。有个女生推了推自己的眼镜；另一个女生摸了摸下巴，然后拿出手机打开了相机；还有个女生拿着纸笔朝我走来，仿佛要来一场采访；其余那两个女生一个一脸严肃，一个一脸明朗。被她们包围着的我，紧张到缩起了肩膀。拿手机拍照的那个女生心急地伸手指向我，感叹道："天哪！你居然没消失！你居然活下来了！"

同学们敲了敲我紧绷的后背。

"我叫杨真熙，是社团的团长。你能撑到现在，还来了我们社团，真是太好了！"

"得把这件事记录下来，又发现了一个幸存者，我是白秀妍，社团副团长。"

我这才把手放下，肩膀也放松了下来。

"我叫秋美真，我想对一下双方的记忆，你今天有空吗？"

我有些发蒙，感觉自己应该迅速交代一切。但我心里真正想说的是：同学们，我好像是因为特权才活下来的，并不是一个值得你们拍手叫好的人。恍恍惚惚中，我提问道：

"你们的记忆没被改变吗？"

霞光透过小窗户洒了进来，美真回答我："我们也在忘记，如果不是恩星，我们也早就不记得了。她每天都在用漫画记录着我们班以前的模样。"

秀妍拿草稿给我看。这些草稿是可爱风的四格漫画。

"这些都是什么呀？"

"这些都是恩星记忆中的我们，漫画里还有那些已经消失的同学。"

"我们每天都会看恩星的漫画，借此恢复之前的记忆，不然的话还是会忘的。真不知道她怎么会记得那么清楚。"

"恩星的漫画可以让人过目不忘，搞笑中带着感性。她既是社团的漫画编辑又是助手。"

"应该说我是提供漫画素材的助手。"

我翻开她们亲手完成的作品，漫画里整齐有序地记录着高二（4）班的日常，以2007年新学期第一天为起始点，里面甚至还有老师和同学们一起探讨的场景。这件事我好像听智妍说过。

这五个女生组成的圈子让我久违地感觉很踏实。一口气遇见了五名坚实的后盾，我高兴得甚至想矫情地哭诉一下自己孤军奋战时有多辛苦。在这里，我再也不用绞尽脑汁地去思考"如果只剩下我一个人该怎么办"了，不用独自一人面对那些难以承受的瞬间了，不用怀疑"我们"二字包含的真正含义了。这些同学是值得相信的，因为她们在努力记住那些消失了的人。

"我想把这些漫画拿给我认识的人看看。"

"这个可不是随随便便就能拿走的。"

恩星皱了一下鼻子。

"你说你来不是为了加入社团？可是只有社团成员才有权售卖或转让漫画噢。而且加入社团的条件也非常苛刻，不是谁都能做到的。"

"条件是什么？"

恩星指了指房间墙壁上贴的告示。

我们会铭记那些消失了的人。

我露出了同样的微笑："怎么可能会忘，那些事情可都和我有关。"

恩星拍了拍我的肩膀和右手臂。

"免费送两张漫画给我们的新成员！"

一个人的力量太小，大家一起的话，一切似乎就皆有可能了。因为她们完完整整地记录着我们一起度过的所有瞬间。

所有瞬间

交了新朋友之后，我久违地重返了平凡的日常生活，又开始像以前一样嬉笑打闹了。

我和真熙、美真，还有恩星一起去吃了炒年糕。具体在聊什么已经不记得了，但大家笑得肚子都痛了。炒年糕不管什么时候吃味道都差不多，可这次对我来说却格外难忘。

原来海拉不在的时候，我也可以拥有这么特别的瞬间啊。我都被自己这没心没肺的笑容给吓到了，同时也对海拉感到抱歉。

不过如果海拉知道，肯定会希望我笑得再开心一些。想到这里，我好像获得了海拉的许可，笑得更大声了，夸张到我自己都觉得尴尬。

之前那个时期，我感觉自己好像被锁在了深海里，只要一觉得闷得慌就去跑步，每次都跑得上气不接下气，可什么都不做的话，我估计自己迟早会被逼疯。

我还看了很多小说、漫画，不停地听音乐。我还去网上翻别人的博客、个人主页，或者是社区公告，连老照片和旧新闻都没有放过。我感觉自己像是一个在寻找秘密情报的人，生怕自己错过什么蛛丝马迹。不过，我所做的这一切好像都只是在为自己争取赖活着的资格和权利。海拉啊，我真的可以这么赖活着吗？

也许是被绝望攥得太久，我现在根本没有能力去共情和希望沾边的故事。

我真的好想海拉啊，也很需要她。和日渐愤世嫉俗的我不同，海拉很乐观，她一定会无条件赞扬孤军奋战的人。心中攒着一定数量的称赞，人才会有力气重新振作。其实我和海拉一起度过的瞬间都是很琐碎的。如果一直心心念念那些精彩无比的瞬间，反而可能会错过一切，所以我俩尽可能地制造了很多稀松平常的回忆，这些比那些精彩的瞬间更为珍贵。就像拼图要是少了一块就会不完整一样，没有这些微不足道的瞬间，也就无法勾勒出最珍贵的回忆。

海拉消失后，我俩一起创造的世界好像也不复存在了。我算是切身体会到，失去强有力的重心，像天塌了一般是什么感觉。

姜海拉、姜海拉……我每天晚上对着这个名字都会感到一阵模糊的眩晕，尽管它就在我的日记本和手掌心里。这是什么意思？是人名吗？我总是会因为记忆模糊而感到抱歉。不对，用恐慌来形容比较贴切，如果有一天我真的彻底忘掉海拉了该怎么办？

想念一个我没能及时抓住的人，就像是在接受惩罚。我无比自责自己当初为什么要松开海拉的手，也没办法轻易允许自己就此翻篇儿。

可日后回想起来，我会不会觉得现在也还不错？会不会因为日后会更加痛苦就觉得现在的生活还能承受？有些事对经历过的人而言，算是一段还不错的过去，但对从未经历过这些的我来说，"还不错"只不过是一个透明的词汇，它能从我的身体穿过，却留不下什么痕迹。如果有天早晨我甚至忘记要在手心里写下名字，那些瞬间也会立马变为过去吧。

大家都在捂着肚子大笑和吃炒年糕的时候，恩星发现了我的异样。

"真理，你怎么哭了？"

天！我都没意识到自己在哭。

"我好晕，感觉自己又在忘记什么事情，可连忘的是什么都不知道。"

大家都停了下来。恩星像平时一样淡定又快速地回答我。

"你一直在找艺俊、海拉和智妍。忘记也没关系，我会在旁边提醒你的。"

恩星都记得，我为什么会忘呢？真是太不像话了。我号啕大哭，连眼泪都没空擦。

"她们会回来吗？不管怎么想都觉得不可能了。"

大家都沉默了一阵后，真熙先开了口：

"不管怎么想都觉得不可能的事，现在不就在上演吗？"

真熙说得对。我擦干眼泪后，又下定了决心：人不能抱着一颗放弃的心前行。

大家同时都觉得手里的炒年糕索然无味了。

恩星集万千宠爱于一身，老师和同学们都很喜欢她，她周围也总是很热闹。田径队训练的时候，学妹们也都会围着她转。不知道她是不是特意叮嘱过"粉丝们"，目前还没有人跑到社团这边来找她。总之，大家就像冬天蜷缩在暖炉边的猫咪幼崽，即使只能沾到一点儿，也要去追逐恩星身上散发出来的光芒。啊，看来大家身体里都有一块心灰意冷的角落吧。

恩星也很乐观，我却在世界分裂后变得越来越悲观。

"我觉得，在这里遇见的所有人和所有事，都是新鲜且珍贵的。"

她的话很像感性风博客里的好词佳句。这句话本身是不错的，可我丝毫没有想记录下来的欲望。我更喜欢海拉说的话，因为她直面所有悲惨现状后，依旧能保持乐观。

不过，我也一直在借着恩星的光芒生活，最近阴冷又黯淡的日子让我心灰意冷。

*

周末我去了趟妈妈的骨灰堂。恩星不知道为什么非要跟着我一起。

"田径队的练习怎么办？"

"不管了，她们自己会看着办的。"

队里的王牌缺席好像也无所谓似的，这语气有点不负责任。她还哼起了小曲儿，仿佛我们正要去郊游。

坐公交车的时候，她和我讲了最近在准备的新网漫——一个看起来可怜兮兮的弱势群体联手拯救即将灭亡的地球的故事。如果放在以前，我会觉得这个剧情好幼稚，此时此刻我却很认真地在听。恩星的声音越来越大。

　　"主人公的性格既小心翼翼又优柔寡断，想得也多，所以每次都比别人晚一步。但也因此避开了恶党们的攻击，谁叫恶党们的性格太着急了呢。"

　　"这种主人公会不会让人看得气不打一处来啊？"

　　恩星果断地摆手否定。

　　"主人公就是要有缺点啊，大众看到这种不太争气的主人公，反而比较容易共情。"

　　"是吗？我倒是比较喜欢所向披靡的主人公欸。"

　　我们都被对方的话逗笑了。共情的对象都是和自己毫无相似之处的人，还真是有点讽刺呢。这就好比人类总是会期待和跟自己性格相反的人交朋友。

　　恩星又接着说她到时候会做出调整的。

　　"实际效果会很帅气的！就像电影里的慢镜头，轮到主人公大展身手时，我就把画面调为静止，或者插入回想画面，然后来一段超酷炫的旁白。"

　　"可如果剧情展开阶段太过沉闷，读者会不会共情恶党们啊？"

　　我只是开玩笑，恩星却陷入了沉思。

"嗯……应该不会的吧……"

恩星突然眯起眼睛看着我说道:"这点我倒是没想过,但应该还是会有人共情的吧!"

共情的人……我看着写在手掌心的名字,姜海拉、姜海拉……我感觉在被朋友的名字召唤着。

和朋友一起来追悼公园的心情蛮特别的,平时都是我一个人来。通常跟爸爸和亲戚们一起来这儿,他们都会开启回忆模式,好像纪念妈妈的方式就是听他们回忆往事。每次来这里,我的心情都是说不出的复杂,和恩星倾诉了这一点后,我才挣脱出回忆旋涡。

"我从小就是'没妈的可怜孩子',表现得越是成熟稳重,别人见到我就越容易掉泪。实在是太有负担了。长大后我又变成了'虽然没妈但也茁壮成长了'的孩子,这就让我更有负担了。"

恩星的语气好像认识我妈似的:

"你妈妈一定会敞开心扉听你倾诉这些的。"

她又没见过我妈……我被她这种盲目又乐观的讲话方式给逗笑了。

"这真是个充满了回忆的地方啊。"恩星发出一声感叹。

她还真是一个看到万事万物都会觉得珍贵的人。

"所有的相遇都是特别的，同理离别也是一样。"

我停下脚步，所有的离别也是特别的？她的意思是与某些人的离别用轻飘飘的一句话就可以轻易抹去吗？

"喂！话不要乱说。"

恩星明明也失去了朋友，可在她身上好像感觉不到有丧失感。难道失去的人对她来说并没有那么重要？或者是她觉得活着的人更重要，所以果断地选择了现在？

我知道她没有恶意，可我还是朝她发火了。她的话就像是一句无关痛痒的治愈系广告语，听起来让人很不舒服。活生生的人接二连三地在消失，可她却轻飘飘地来一句"所有的离别都是特别的"？这股独自岁月静好的悠闲劲儿真让我气不打一处来。

"别再说那种像歌词的话了，不是所有事情都能被总结成一句诗的。对于那些失去的人和逝去的事，你都不觉得心痛吗？"

　　恩星说她不是那个意思。但随即表示即使痛惜，她也还是同样的观点，然后她把刚才说的话又重复了一遍。我顿时心就凉了。

　　"抱歉，我现在想自己过去，你回去吧。"

　　我转头就走，把后背留给了恩星。她朝着我的背影喊道：

　　"这里也有我认识的人，而且有很多。"

　　我停住了脚步。

　　"抱歉，我表现得像是第一次来的样子。哪怕是假装，我也想让自己看起来更开朗一些；即使是说谎，我也想让自己看起来不那么悲伤。"

　　啊……原来恩星也是某个人的遗属啊。看来我们都在面对同样无可奈何的问题。我走近恩星向她道歉：

　　"对不起。"

　　"没关系呀。"

　　恩星轻车熟路地走向骨灰堂。她对着骨灰堂里的照片一一和我解释那些人死去的缘由，好像在介绍他们给我认识。

"你是怎么认识他们的呀？"

"有的曾经联系过一段时间，还有的后来又见过面。"

恩星仿佛在透露机密似的，还把手指竖到了嘴唇中间。后来又见过面？我扫了一眼去世的这些人的信息，并没有发现共同点。

我把信放到妈妈的骨灰盒旁边，抱着祈祷的心态盯着她的照片看了好久。

"妈妈，我的朋友们都消失了，爸爸也像变了个人，我现在该怎么办？"

如果她还活着，会是什么类型的妈妈呢？会不会是那种朋友型的？比如说可以和我一起并排坐着看漫画之类的。或者是像恩星说的，会敞开心扉听我倾诉心情？从来都没和妈妈在一起过，光是想象一下我都觉得很虚幻。和妈妈在一起，只不过是我的妄想罢了。想到这儿，我突然觉得今天的骨灰堂格外凄凉呢。

"我们走吧。"

我没什么特别想说的话,所以一直默默向前走着。快到出口的时候,恩星突然停住了脚步。

"真理,我好像有东西落在那儿了,我回去拿一下,你先走吧。"

说完她转头就向骨灰堂的方向跑去,连我的回复也没听。

"喂!我们一起吧!"

恩星并没有听取我的意见,打了个手势让我先走。我留在了出口处等她。恰好出口旁边的警卫室里有骨灰堂内的实时监控,我从监控里看到了恩星。

她的举动有些奇怪,她拿走了我放在妈妈骨灰盒旁边的信。她拿这个干吗呢?

恩星从大楼出来后,朝后门的方向溜去,钻进一条胡同,刹那间没有了踪影。

酵母菌 X

我一直在纯情漫画研究部里待着。因为实在是没有绘画天赋，所以我就只能做社团助手（恩星）的助手。不过，好几天都没见到恩星了。我来这里主要是为了等她，实际上这也是学校里唯一让我感到舒心的地方。

不管是校内还是校外，到处都飘着那些我不想听的话，我不得已只好用音乐堵住耳朵。发生了这么可怕的事情，有的人却还在那儿一副岁月静好、天下太平的模样。那些令我心烦意乱的话、忍不住想要说出口的话、可怕的话，以及让我想起我是独身一人的话……不断地啃噬着我的心。我应该选择性地听才是。可现实是，需要用心听的话总是容易左耳进右耳出，听听就好、不必当真的话却怎么着也忘不掉。

在有的人面前，就算是无心开了不恰当的玩笑，或是没经过大脑思考就蹦出了一句难听的话也不用担心。我应该和这样的人交朋友才是，而不是跟那种善良得像天使一样的人。不论是说脏话还是争吵，抑或是说嘲讽和带有憎恶之情的话，说者的语气不同，给人的感觉也会不同。同样的一句话，从这个人嘴里听到不会觉得有什么，如果从那个人嘴里听到可能就没办法忍受了。有的人会担心从自己嘴里说出来的话，有一天会投射到自己的身上，这一点从说话的语气里就能感觉得到。但无论如何，我都无法赞同那些表达着轻蔑弱势群体的恶言恶语。

和漫画社团的小伙伴们在一起的时候，我总是很舒心，我们的好奇心和疑虑都在一个频道上。"为什么？""所以接下来会怎么样？"面对同样的问题，我们思考的方式也都差不多。

我们都对各自的初中同学做了深度访谈，还把所有在网上被禁的信息汇总到了一起。我们七嘴八舌地讨论了一番后，慢慢得出了一个颇为尖锐的推论。

"不仅仅是我校，所有消失的人都是高二年级的，而且都是女生。女校的人数比之前少了整整20%。"真熙说道。

"像松林高中这样的男女合校干脆变成男校了。"

"我按照年份查了一下。"

秀妍拿出了她在电脑室打印出来的纸，上面印满了数字。

1989年767317名，1990年779685名，1991年851130名……这是当时新生儿的数字。

"1991年的新生儿数量完全是暴增，大家可以看一下和前一年对比的增减比例。1989年是1.0，1990年是1.02，1991年居然到了1.11。"

"还真是！"精通统计学的秀妍说道。

"1990年的出生率一路下降。看一下2001年，相比2000年出生率降低了12.5%，可是暴增10.9%的情况真的很少见。"

"不过1991年暴增的出生率，好像和现在消失的那些同学没什么关系吧?"

"可总觉得这不是自然增长的,有种被压得太狠突然爆掉的感觉。"

"就像侧面爆开的紫菜包饭?"

真熙贫嘴了一句。我也补充了自己的推测:

"会不会是 1991 年的时候有什么出生奖励呢?"

秀妍又提出了一个假设:

"如果是故意拖到 1991 年才生呢?"

大家都屏住了呼吸。1990 年的生育情况对我们来说并不是别人的事,而是决定了我们生死的关键岔路口。

"如果 1990 年集体消失了七万个生命呢?"

"可是不大合理啊,这种事情很难统一协调吧。难道要挨家挨户上门劝说吗?"

美真提出疑虑后,秀妍换了一个推测方向。

"每个时代都有相关的生育政策。1990 年会不会有针对女胎的相关政策……"

"会是什么政策?'只生俩娃,精心养大'?"

"那个是 20 世纪 70 年代的政策。"

"'男女都好，一个就好'，我记得那个时候好像是宣传这句话来着。"

美珍推了推眼镜。

"对，那个时候搞计划生育来着。但男女都一样这句话只是说说而已，大家还是只想生男孩啊。看看1990年的新生儿性别比就知道了。116.5！自然状态下每当有100个女婴出生就有116个男婴出生。乍一看好像也没差很多吧。可是仔细算一下的话，就会发现整体加起来就是七万左右。这说明什么？说明足足有七万名和我们同龄的女生没能出生。"

"这种事情怎么可以成为政策呢？集体性的性别筛选，不对，是性别歧视才对。这不就是 genocide 吗？"

"genocide 是什么？"

"大屠杀，有预谋地大量残害和杀戮某国国民、人种、民族或宗教的行为。"

居然还有这种事？我还真是第一次听说。

"我觉得不能把打胎本身视作问题，打胎被归为违法行为才是问题。"

真熙将我的话整理成了要点。

"这么多年来，虽然还未经过正式统计，打胎这一行为应该有过数十万次。我们现在讨论的并不是打胎本身，而是新生儿的数字，是这个社会集体性地只堕女胎的事实。"

真熙接着往下说。

"我们家只生了三个女儿。其实我之前问过我妈，知道老三也是女儿后有没有想过要打掉。她很直接地承认了，说当时确实想过要不要吃酵母菌 X。"

"酵母菌 X 是什么？"

"口服用的打胎药。"

"我妈说她怀孕那会儿是可以在药店买到这种药的。不过现在已经不让卖了。"

"也就是说，1990 年的时候还是有出售的？"

"嗯嗯。"

美珍又提问道。

"暂且当作是因为打胎药，所以那七万名同龄女生没能出生。但这和现在消失的那些人有什么关系呢？"

我们都沉默了。

酵母菌 X、酵母菌 X……这名字我很是耳熟。

"真理!你要去哪儿?"

我狂奔向电脑室,搜索了酵母菌 X——一种口服打胎药,由于引起了社会性的争议,售卖一段时间后被叫停。Authentic Genetics 制造出品。是爸爸的公司!

我想起了爸爸做面包用的酵母,想起了他那个功劳奖杯——因为消灭了诺如病毒而得的,上头还满是灰尘。我还想起了他当时研究出的制药用酵母的名字:酵母菌 X。

爸爸换了工作后,这世界突然冒出来一种原来并不存在的药?而且这个药对我们现在的生活造成了影响?看来这个药和同学们的突然消失脱不了干系。

这下我和爸爸之间是真的回不到从前了。

*

深夜我闯入了爸爸的书房,一上来就开始追问他。

"酵母菌 X，是你的杰作吧？"

沉默好一会儿后，他点了点头。

"那是二十年前的事了，我怀着要拿诺贝尔奖的抱负，把青春都献给了酵母菌 X 的开发。"

爸爸依稀回忆起自己正当年的时候，很明显那个可以变出甜甜的羊角可颂的爸爸已经不复存在了。

"那个药是不是有什么道德上的问题？"

按照网上说的，这个药卖了一段时间就被叫停了。是不是有安全隐患，或是副作用太大了？没想到听到这句话，爸爸勃然大怒。

"一点儿都没有！"

"那为什么被中断？"

爸爸思索了一下，跟我解释道：

"开发的时候，偶然发现了可以辨别特定染色体的酵母，我们给它起名为酵母菌 X。"

生殖细胞里包含 Y 染色体时会发出特定信号，爸爸当时捕捉到了这个信号，并且凭借这个制造出了可辨别特定染色体的酵母。辨别 Y 染色体是一种技术，可以专门用来破坏未被发现的受精卵。

"它原本是以治疗癌细胞、艾滋病和新型病毒为目的开发的，是一种发现特定信号后可以选择性地消除异物的合成酵母。它只对 XX 受精卵有反应，会切断 XX 受精卵的营养供给。当时需求量很大，所以我们觉得它应该会卖得很好。"

"受精卵？"

"对，所以我们研发了口服终止妊娠的药。"

居然是中断特定染色体的药……

"XX 受精卵的话，就是只会杀死女胎对吗？"

爸爸点点头。

这还真的是可以鉴别性别的打胎药，而且还是专门针对女孩的。

"需求量很大？会卖得很好？嗬！"

对于这句话，我做不到像他一样泰然自若，我气到手颤抖不止，感觉身体里的血在怒火中逆流。

"这个药相比手术要安全很多，你别充满恶意地去看它。我们只是在孕妇和其家人做出选择的情况下，再帮她们一把而已。"

我直接朝他大喊："因为是她们自己选择的打胎，所以你们就一点儿责任都没有是吗？这是什么屁话！"

"我想为以英展示一个全新的世界。可是不管我怎么做，以英都无法在这个世界里复活……"

爸爸居然拿妈妈当借口在这儿胡说八道。他就算编出花儿来，我也不想听。我强忍着愤怒，声音颤抖地问道：

"因为药卖得好，所以我们成了有钱人？所以你当上了公司老板？所以这世界才变成了这样？"

"嗯，我把这里变成了你们从未出生的那个世界。"

"你这是什么话？变成？我们从未出生的那个世界？你怎么可以说这种话呢？"

我无力地喊道："为什么要这么做？为什么非要做到这个分儿上不可？"

我在逼沉默不语的他回答我。

"同学们和我的朋友们又为什么非消失不可！"

谁知他用更奇怪的声音说道：

"这里需要计划 B 的世界，但只需要其中的一部分，所以只要按照原来世界的标准稍做调整就行了。"

等等，之前勋宇也说过类似的话。

"一切都只是复原成原来的样子而已。"

我靠着书房的椅子俯视着爸爸，他为什么会觉得自己可以用这种方式随意地逆转世界？谁规定他可以这么做的？

"按照原来世界的标准？稍做调整？"

我想起了刚开学时的教室，我想起那些朝我们说"现在这个世界你们可说了不算"的人。明目张胆地把我们排除在这个世界之外的人，是从我们从未出生的那个世界过来的？他们嘴里所谓原来的世界就是指这个？他们一直坚信这里会被调整得和原来的世界一样？所以他们才会说我们是四次元、是少数群体、是异类，所以他们可以做到对那些消失的同学毫不在意，因为对他们来说这些本来就是不存在的人。

　　按照爸爸的说法，我们是在没有酵母菌 X 的世界存活下来的人，但因某种契机酵母菌 X 又出现了，我们所处的世界也随之改变了，女生们开始接二连三消失。因为过去那些孕妇的服药时间不同，所以大家消失的时间也不一样。

　　我又想起了和同学们一起推测出的那个数字：七万。海拉也在这消失的七万人之中。背负着七万这个数字一起生活的感觉，还真是无法言说。

　　到底是怎么改变的呢？还有具体是谁做的，也要搞清楚。也许掌握了方法，就能让她们重新回到这里。

　　爸爸毫无责任感地狡辩着："对于自己负责的工作，爸爸一直都是全力以赴、负责到底的态度，包括现在。"

　　他以前说过类似的话，不对，是用过类似的表达方式。现在嘴上说着自己会负责到底，结果却是只要有钱收，什么都可以出卖。说实话，我根本不敢猜测他所谓的"底"究竟在哪里。

　　他把这个世界弄得一团糟。并且，他还是这件事的始作俑者。

Authentic Genetics 是世界闻名的公司。爸爸在生活发生戏剧般的变化之后，似乎更无法否定自己的过去了。

"爸，把这世界变回原来的样子吧。"

参与了逆转世界的项目且知道具体方法的话，也许就可以扭转这段惊悚的历史了吧。爸爸应该有这个能力。

他却一脸疲惫地挥挥手让我出去。

"嗬，还说什么大家要有福同享……"

他那张愁得不行的脸，我真是看都不想看。我背对着他，冷静说道：

"这是你亲手毁掉的世界，无论如何你都要负责到底。"

永存于心

家现在对我来说，成了最不自在、最令我抗拒的空间了。而这一切都缘起于爸爸。这段时间，我一直以为自己只不过是背靠老爸享用了一下特权，也还是受害者之一，可没想到我是实实在在的核心加害者。再这么下去，我觉得自己都快成同谋了。唉，却连个可以倾诉的人都没有。

恩星突然叫我去追悼公园。

"你写给妈妈的那封信，我已经替你传达过去啦。"

我朝妈妈骨灰盒的方向瞟了一眼。可是她哪来的资格能随意传递我的信呢？我表情都不太好了，她今天这种说话的方式让我更不爽了。

"都说了让你别把话说得像流行歌歌词似的……"

我在等恩星的解释，可她却把我拉到某个人的骨灰盒前。

"看好了，你马上就会明白我的意思。"

我真是越来越气愤，双手抱臂，看她到底要搞什么鬼把戏。

眼前的骨灰盒居然慢慢开始变得透明，最后完全消失了。甚至连周围的东西也跟着不见了。

"刚才是发生了什么？居然消失了！"

恩星反问我："你觉得骨灰堂里的东西消失，代表着什么？"

"该不会是……"

"代表着重生，我把她们重新救活了。"恩星很是自豪。

"你说什么？"

朋友们接二连三消失后，我理所应当地觉得消失就是一种虚无的破灭，是一种抹去了存在或直接注销的行为。因为我目睹了一个又一个的活人，像露珠、像风、像云、像烟雾一样，荒唐地消失了。

可恩星却说自己把她们重新救活了。这有可能吗？是怎么操作的呢？这段时间，我一直都是一个无力反抗的受害者角色，可现在我整个人的思路发生了天翻地覆的变化。消失并不一定就是灰飞烟灭，也可能代表着复原。看来只要想通某一点，人就会有很大的转变。真是做梦都没想到，一切还可以恢复原状，我顿时感觉整个世界都要跟着一起逆转了。

我毫不犹豫地抱住恩星的手臂。通过她的体温可以感受到她那股乐观劲儿。

"我的信，你是怎么送到我妈手里的？"

"我联系了我妈，我妈是妇产科大夫。据说你妈妈是在她们医院生下的你。相信我，她们两个很快就会见面的。"虽然我不能完全理解她的话，但我的心情很微妙。我和妈妈是实实在在连在一起的，恩星和她的妈妈把我和我的妈妈连接到了一起。

"等等，不过你是怎么把这个人复原的呢？"

我指着空骨灰盒好奇地问道。谁知恩星拿出了一个小小的四方形机器。

"用 BP 机可以留言或是传送信号。我妈因为职业的关系，一直都带着 BP 机工作。据说她婚后收到过奇怪的信息。"

"奇怪的信息？"

"是她在上高中的女儿发来的。"

恩星说她的妈妈最近把 BP 机给了她。明明骨灰堂里空无一人，她却突然压低了声音悄声说道：

"你爸爸是不是换了工作？突然成了制药公司的代表？那你家里肯定也有可以直接和过去通信的工具。"

"什么意思？"

我突然想起来爸爸晚上总是会和某个人通话。一直都是他一个人在那儿大吼大叫，从未给过对方回答的时间。该不会他是在对某个人下命令吧？命令过去的人创造出有利于自己的将来？他会不会是在命令过去的自己？

"我们国家是从 20 世纪 80 年代后半期开始使用个人 BP 机的。最开始只有医生、军人、情报机关要员等从事特殊职业的人才能用。在前不久，国家机密管理局在调查非法监听的时候，发现了可以和过去通信网联络的方法。这是我和我妈一起打听到的。"

"他们可以联络到过去的特权阶层，然后利用这个操纵过去，创造出对自己有利的现在。"

也就是说，这个世界存在着可以联络到过去的特权阶层的工具、可以将世界颠覆的特殊通信网。他们居然利用这种高端技术和以前的势力联手，一起来作恶？可笑的是，有的人利用这些去消灭活生生的人，有的人在不辞辛苦地把她们重新救活。

如果我也有这个通信工具，该联系谁呢？有谁会听我的话，帮我去救朋友们呢？一时竟想不出来我可以找谁，真是要急死了。

"就是因为我爸开发出的药，酵母菌 X，同学们才消失的，我们必须得阻止他。"

"你过去的那个爸爸，是个值得相信的人吗？"

我毫不犹豫地点了点头，以前的爸爸完全可以信赖！

"那你就发信息给以前的爸爸，把一切说给他听。"

我一路狂奔回了家。一进家门就直奔妈妈的遗物箱。妈妈的通信手册里写满了各种联系方式，其中有一个我好像在哪里见过：012-100-5004。

就是这个！012左边还写着爸爸的名字，虽然中间的数字有些陌生，但尾号和他现在的手机尾号一模一样。这一定就是爸爸之前的BP机号码。

确认了家里只有我自己之后，我用之前偷偷复制的钥匙打开了爸爸的书房，溜了进去。拉开书桌的抽屉，有一款没见过的手机，我打开它后，检查通话记录发现之前的通话人就是这个BP机号码的主人。爸爸肯定也联系过以前的自己。本来我还担心万一这是个空号该怎么办。我赶紧按照BP机说明开始录音，不由分说地直接大喊道："爸爸！我是真理！爸爸救救我！朋友们全都消失了！艺俊死了，海拉也从我眼前消失了。但是并没有人去找她们。求你在那边把一切都恢复原样吧！再这么下去，我真的会疯掉的！求你了爸爸！"

录完音后，BP 机提示我输入发送人的号码。

8282 505 505 505 505……

我打了好多个 SOS，直到不能再输入了为止。这个暗号，他们那个年代的人一定看得懂。

*

自从发完那通信息，我就一直在期待着世界变回原来的样子。我的老爸呀，这一切可全靠你了！

可是已经过去好几天了，并没有发生任何事。我明明录好了音发过去了呀。按照恩星的说法，这通信息应该已经传回过去了呀。为什么没有任何动静呢？难不成是爸爸收到信息了，但是无动于衷吗？就算知道后果，也还是无法放弃自己的大好前途？

不对，我联系的是过去的爸爸，他肯定连我是谁都不知道。

我在好几个想法之间来回穿梭。世界上到底有几个可以联络过去的通信工具呢？那些人隐秘地和过去的特权阶层串通一气，明摆着会继续把世界搅得天翻地覆、把人折腾得痛苦不堪的。我和恩星再怎么向过去发送信息，好像也阻挡不了这越来越糟糕的局面。我还很担心自己和恩星跟过去联络的这件事会被他们发现，如果被发现了，不知道要受到什么样的制裁。

　　只做这些事情，肯定是没办法解决问题的，只要那些人还活着，过去就会不停地被改变。我又陷入了无穷无尽的挫败感中。

　　爸爸说过这里是计划 B 的世界，那我从未体验过的计划 A 的世界在哪里呢？是妈妈活下来的那个世界吗？如果一开始就没有我呢？如果是妈妈一直替我陪在爸爸身边呢？这么一想，感觉我和妈妈之间好像是游戏里人物的竞争关系，为了争抢椅子彼此弄得头破血流的那种。

　　我试想了一下自己从未出生的那个世界，海拉和艺俊应该和别的同学一起过着平凡的日子吧。想到这儿，我的心情跟着明朗了起来。

　　只要她们能回来，只要她们都平安无事，我可以接受任何结果，哪怕是没有我的世界。

我又去找恩星。

"我有事情想拜托你，是很重要的事。"

我俩并排坐在读书室的屋顶上，我把心里想说的话全都倒了出来。

"不行。"

恩星坚决地摇了摇头。

"我已经把录音发过去了，可什么变化都没有。我爸一直都是个固执的人，以前是，现在也是。所以拜托你联系一下你妈，让她通过我妈去阻止他。"

我哀求着恩星。恩星是通过她妈妈给我妈送的信。我希望她妈妈可以帮我告诉我妈，让她放弃我，这样她才能活下去，她才能在爸爸旁边制止他做出残忍的选择。只有这样一切才能回归正轨。

"想来想去也只有这一个办法了。我们必须阻止酵母菌 X 的开发，哪怕我爸……"

我一时说不出口。

"哪怕是杀了我爸……"

恩星使劲儿摇头。我明白这等于是让她参与杀人事件，可我还是忍不住哀求她。

"我们把一切都复原吧。"

恩星一直望向别处的头转了回来。

"真理，再怎么说也不能用这种方式。"

"我真的没关系，只要我妈能活下去，大家都平安回来就好了，这是最好的结果。而且我们确实应该回到原来的那个世界，你明明也知道的啊！留在这里是没任何希望的。"

恩星听了我的话后，深深叹了口气。

"我已经体验过那个世界了，那个没有我、所谓的原来的世界。"

"啊？"

"你妈妈在那个世界活了下来，且没有孩子。"

恩星好像早就知道了似的，开始用过去时态和我说话。

"所以那里是什么样的？大家都在正常地生活吧？对我来说这就够了。"

　　恩星却低下了头。难不成那个世界也有什么问题？

　　"那个世界，也没有她们。"

　　"哪怕爸爸放弃了开发打胎药？"

　　看着点头的恩星，我突然想起了勋宇说过的话。

　　变态早就自杀了，你和其他人原本就不存在的。这个世界本来就是这样，你总有一天会明白的。

　　"可是为什么会这样？到底为什么啊？"

　　我双膝无力地瘫在地上，感觉地面好像在晃动，站都站不起来。

厌女观念

　　关于恩星说的，我必须自己亲眼确认才行。一到家，我就跑去了地下室。我想起那天晚上地下室冰箱里涌出大批人的场景。如果他们是从原来的世界来到计划 B 的世界的……

　　虽然并不确定这么做可以穿越回去，但我还是冲进了冰箱里。冰箱里面空空如也，没什么特别之处。我老老实实地躺下，瞬间就被黑暗包围了。平时我其实是个连喜剧恐怖片都不敢看的胆小鬼，现在身处阴冷的黑暗之中却很淡定。好像在体验身处太平间的感觉，用"死了好几次"这句话来形容我现在的感受一点儿也不过分。不过最可怕的不是别的，而是我现在所处的这个世界。

如果可以回到原来的世界，还能见到爸爸，我应该会先朝他发顿火，质问他有没有命令另一个世界的自己。并且，我还要搞清楚，为什么在原来的那个世界里依旧要把我们集体置于死地。冰箱里的温度低到我开始浑身发抖，抵挡不住的困意也一起袭来了。我好想抓住某个人的手，感受一下热乎乎的体温。

*

就这样持续了好一会儿之后，我感觉到自己的胳膊正被谁拽着。

"你还好吗？"

我可以感受到有只手在不停地用暖水袋帮我暖身体。

"我叫了救护车，再坚持一下。可是你为什么会进到冰箱里呢？"

我闻到了一股甜蜜又熟悉的味道，慢慢睁开眼后发现，我如此思念的爸爸正看着我，脸上还挂着亲切的微笑。我一把冲上去抱住了他。

"爸爸……爸爸！"

他身上的面粉都飞了起来。原来这个冰箱的出口是学校门前十字路口旁的真理烘焙店！

"哎呀，你还好吧？"

爸爸像是在哄一个离家出走的青少年，轻声细语的，但他同时挣脱了我的怀抱。

"我经常听别人说我长得像谁，可能是因为我的形象本来就很亲切。"

爸爸朝着我背后的某个人解释着。我转过头发现一位女士正目光犀利地盯着他。

"天……！"

我猛地站起身，不由分说地抱住她："妈妈！妈妈！"

本来想不管三七二十一，都要发一顿脾气的——世界都乱成这样了，他们必须得负全责。可真的见到爸爸妈妈之后，我的这种想法瞬间就没了。

我哭了多久，他俩就在旁边等了多久。我还久违地吃到了奶油羊角可颂。我平复好情绪后，他们就让救护车回去了。两个人温柔地问问我这个、问问我那个——家在哪里，为什么会在冰箱里，是否知道回家的路，等等。我也想问问，我究竟该何去何从。

"我们已经叫警察了。你可以说一说到底发生了什么事吗？如果有什么我们能帮得上忙的……"

我噢地站了起来："我得去找朋友们！"

点头和他们道别后，我就冲出了真理烘焙店。

我全程奔跑着。直接到了艺俊家，他家比之前我和海拉去的时候还要荒凉。这里荒无人烟，只有光秃秃的风景。我转身向海拉家的烤大肠店跑去，一到店就直接问海拉在不在。海拉父母一脸的不知所措，摇了摇头。我又去敲了智妍家的门，果然，他们也说自己没有孩子。

我又去网吧搜了 Authentic Genetics，目前是个中小企业，也没找到和酵母菌 X 相关的信息。可这个世界的人，就算没有药也还是放弃了那些女婴。

我又翻了新闻报道、博客，还有其他记录，发现了这个世界一些不为人知的秘密。一些难以置信的事情逐渐浮出了水面。

1990年是白马年，所有在这一年出生的孩子都是白马属相。可人们却认为属白马的女性会命里带凶，性格会过于强势。因此，很多人在1990年打掉了女胎，即使那时候鉴定性别是犯法的。

我回想了一下和漫画社团小伙伴们一起看过的新生儿统计数据——1991年暴增了七万名女婴。秀妍推理得没错，那些女婴全都被延迟到了下一年出生。而这一切只不过源于一场号称"1990年出生的女婴命里带凶"的迷信，大家就无比忌讳女孩出生在这一年。

这简直毫无道理可言，照他们这么说，那1990年12月31日出生的女婴就该去死，1991年1月1日出生的女婴就可以活下来？生产时间还要配合年份日期？凭一个属相就可以给人定生死？

这些新闻报道读得我目瞪口呆。有人为了生儿子可以喝石块磨成的粉，请巫婆来跳大神。还有人喝含有铁、磷和钙的中成药，吃绿色凝胶，争先恐后地抢购据说可以生下儿子的内裤。并且，生了女儿的儿媳妇会被当成罪人一样对待。这就是爸爸和勋宇嘴里说的原来的世界吗？这里可以如此肆无忌惮地对待女性？

当时性别鉴定是违法行为，自然没办法用医保，医院因此发了横财。这可多亏了科学和迷信的双重助力。把精子泡在白蛋白里，利用漂浮在 Y 染色体上方的物质来分离精子，这同样适用于人工授精和体外受精。利用 X 染色体来预防血友病这类疾病等的说辞全是借口，人类因为迷信不惜借力于科学。乍一看像是未开化的人才会做的事，可实际上这些现象在高收入阶层的群体里更为严重。

"简直不可理喻……"

据说当时的孕妇会被身边的人要求去做性别鉴定。为了能生出儿子，孕妇会吃中药，甚至她们都不确定有科学安全的保障，就盲目尝试各种受孕方法——食物疗法和民间疗法双管齐下。投入了如此多的时间和金钱后，如果在医院听到"恭喜你生了个漂亮的孩子", 她们就会极其失望。不是帅气沉稳的孩子, 而是漂亮的孩子, 那就说明"求男计划"彻底泡汤了。

可是为什么非要做到这种地步呢? 我在一篇新闻博客里找到了答案: 重男观念……

这是什么说法? 这不是就和"厌女观念"一个意思吗? 只打掉女孩不就是因为觉得男孩金贵吗? 真是够无语的。

博客里还说, 当今这种现象已经不复存在, 这只是一时未开化的恶习。真是惊天大笑话! 打掉某个特定年份要出生的女胎, 不就是这个社会研究出来的吗? 这种思想不能再恶心了, 这种行为也愚蠢至极。不管是在这个世界, 还是在我们的那个世界, 都没有人出来道歉, 哪怕是形式主义上的!

看来不管是我出生前还是出生后, 在这个世界还是那个世界, 以前还是现在……无论哪一种情况, 女性始终都是被不断抹去的存在啊。

这里正如恩星所说, 就算没有爸爸开发的酵母菌 X, 就算爸爸死了, 她们依然回不来。即使我放弃自己的生命和自己的人生，她们也还是会被打掉。

　　不知不觉已经是晚上，我却没有地方可去，只好坐在小区入口处发呆。

　　"你找到朋友们了吗？"

　　我朝着声音的方向看去，原来是妈妈。我沮丧地摇了摇头。

　　"那个是你发过来的吧？那则旧留言。"

　　妈妈还记得那则 BP 机留言。

　　"如果你说的是 8282505 那条。"

　　"还真的是你。"

　　爸爸没回信，妈妈居然还记得。我调整了下坐姿，把脸朝着她。

　　"我曾想过是不是发错了，一直很诧异为什么偏偏发给了我们，为什么偏偏叫我老公爸爸。虽然不知道你是谁，但我一直都很想知道你过得好不好……心里一直都惦记着。"

　　距离妈妈收到信息，应该已经有很长一段时间了，她一直都记得。

"前不久有人把真相告诉了我，我这才反应过来。"

我无力地笑了笑。

"这世界还真是铁了心要把人套进动弹不得的牢笼之中啊。"

我叹着气发了句牢骚。都说这世界是适者生存的地方，可现实并没有这四个字说得这么简单。人想要在这个世界存活，就必须在连游戏规则都不知道的情况下胜出才行。一想到日后我的生死也有可能成为某些人在比赛中决一胜负的工具，我就头疼得不行。我在这个一成不变的世界，该如何撑下去呢？

妈妈一直盯着我看，我也抬起头来看她。再过二十五年，我应该就会长成和这张脸相似的模样吧。看着妈妈，我仿佛看到了二三十年后的自己。

"你真的是，和我十八岁的时候长得一模一样啊。"

我们透过对方分别看到了过去和未来的自己。

"在那里没有妈妈，大家是不是都会可怜你呀，笨手笨脚的爸爸照顾孩子肯定不像妈妈那样周全。"

我摇了摇头。他们只会说我是个奇特的孩子，这种话里隐藏的真正含义是在嘲笑我心狠，没有妈妈居然也能正常长大。

妈妈温柔地安慰着我："你还很年轻，我并不建议你用年轻人的一腔热血去承受这一切。年纪轻轻就绝望的话，你会有很长一段时间都要活在心理创伤之中。"

妈妈的一言一行真的好像妈妈。

"我过了很久才明白你发的信息是什么意思，那一瞬间你知道我在想什么吗？我反应过来哪怕是现在也还来得及救你！这是多么令人欣慰啊！"

妈妈接着为我打气："去找到你想找的那些人吧！"

可是我该找谁？该怎么找？有谁能理解我们的情况呢？

"肯定有人在某个地方等着你去找她呢。你一定会找到的。一定有人在某个地方等你一起组成'我们'。"

"一个人都没有，曾经的朋友们也全都消失了。"

我泣不成声，身边真的一个人都没有。

"你得这么想啊，只要找到一个人事情就有转机，只要再有一个人，你就从独自一人变成了'我们'。"

这一个人，我想到的是海拉，妈妈脑海里肯定也有那么一个人吧。也许我们谈话的这一瞬间，我和妈妈就是对方的我们。看来我和妈妈并不是游戏里争抢椅子的竞争关系，正相反，我们是延续对方生命的关系、活在不同次元世界的朋友关系，也是为了这一重逢的瞬间而顽强抵抗那些艰辛岁月的共同体关系。

"我觉得只要我还撑得住，就代表着还有希望。我们有多不悲观，这世界从荒谬返回正轨的可能性就有多大。我一直都相信这一点。"

妈妈比亲戚们记忆中描述的还要坚强。

我们两个就这样对视着，一个看似是过去的自己，一个看似是未来的自己。我和妈妈虽然是第一次见面，但从她身上，我真的感受到了什么叫作一家人，与血缘关系和我们是否同时活着这些都无关。

"那你打算怎么做呢？要留在这里和我们一起生活吗？我是不是应该先去出生申告部门登记一下。"

我摇了摇头。我并不想生活在朋友们没办法存活的世界里，也不想让人到中年的爸爸妈妈突然担负起育儿的责任。不管怎么说，我不是这个世界的他们一开始就坚定选择的结果。

妈妈给我讲了她的计划，她会再去找找那些消失的人，会给她们发 BP 机短信的。我也讲了我的计划，我要回到原来生活的那个世界，想办法和更多的人重逢。

"你要相信，一定有人在某个地方等着你。"

我以为身边空无一人的时候，遇到了我正好迫切需要的恩星，所以一定还有人是我目前还没发现的。我想试着再去相信一次。这时，刚刚发现了我们的爸爸，正挥着手朝这边跑来。

我裹着厚厚的冬被，抱着一堆暖宝宝和保温袋，又躺回了冰箱里。每隔一分钟，妈妈就会打开冰箱门说："要是冷的话，就告诉我们。"

其实我都热得哗哗淌汗了。这次打开冰箱门的是爸爸。

"你按这个键的话，冰箱门就会打开，如果你想回来随时回来，这一格我们给你留着。"

妈妈碰了一下爸爸的胳膊："都说了在这里生活解决不了根本问题。"

我紧紧地握着录有爸爸通话内容的手机。爸爸把对原来世界的那个自己下的那些命令，全都录到了手机上。本来我打算睡一觉，但爸爸妈妈来回开冰箱门问我感觉怎么样，搞得我已经睡意全无了。

过了一会儿，周围慢慢安静下来，我也从冰箱回到了地下室。

从未尝试过的事

暑假开始了，失去太多东西的学期终于结束。8月的时候，新闻报道了保守党已选出总统候选人，此后爸爸变得更忙碌了。他每天都在书房里会客。

呵呵，说自己只是按照指示行事。不过这倒也不是谎话，他确实在勤勤恳恳地毁掉这个世界。

我趁大家伙都没注意，溜进了书房。之前书房的抽屉深处藏着一个连通我房间电话的手机，我必须得开启它搞清楚爸爸在书房里密谋些什么。

一阵喧哗过后，我听到了爸爸迎接客人的声音。我把鞋藏起来后，蹑手蹑脚地躲回了房间。

"大业还未完成，咱们可都得保持身体健康啊。"

"黑暗时期总算过去了，这十年辛苦大家了。"

"准备迎接新时代吧。"

他们以筹集秘密资金为主题，展开了一段无聊又漫长的对话。我正听得昏昏欲睡，对话突然开始变得很奇怪。

"话说这个地方，人口简直是暴增啊，你是怎么做到的呢？"

有人向爸爸提出了这个问题。我也好奇得不得了，赶紧把房间电话紧紧贴在耳朵上。房间电话离得实在太近，耳朵都疼了。

"做了几处调整。首先我们公开售卖了既能消除生理期又能延长适育年龄的药物，可以说起到了推动生育的作用。"

"噢？消除生理期的药？那肯定大受女性消费者的欢迎啊。"

"不光是这样，适育年龄也大幅度延迟了。"

"哼，老奶奶都能生育的话，女人们肯定会自豪得不得了吧！是延后闭经期的意思吗？"

"药里含有血浆和激素，使女人闭经后依然可以生育。这可以说是一种促排卵的办法。"

"噢噢。"

"应该说是阻止韩国灭亡的办法才是。也不想想当初是费了多大力气才保住祖国的。"

在场的另一个人提问道："可是如果连这里也灭亡了怎么办？如果年轻的女人死活都不生孩子，这里不就明摆着要灭亡了吗？"

"所以说，这次我们才要好好引导。要给予育儿支援费用，要为孕妇制定专门的政策，还要拍正能量电影，给她们洗脑做妈妈是多么美丽的事情。"

"嗬，引导这帮女人还真是挺费事儿呢。"

"说白了就是自私啊，只考虑自己的身体不为国家未来着想。"

那一瞬间我甚至怀疑自己听错了，这里的人口数增长就可以阻止韩国灭亡？这简直就是把女人当作生育机器。

"那人工智能子宫的第三轮实验什么时候能完成？"

"预计下个月。"

我紧紧捂住自己的嘴，防止自己会因太过吃惊而大叫。

"人工智能子宫生出来的孩子，寿命设定在四十岁左右比较好。为国家做出贡献后，早早退场就行了。寿命时长是可以设定的吧？"

"我会试一试的。"

那个年纪大的声音继续说道。

"不生孩子的话，自己又能独享多少荣华富贵呢？真是不懂这帮女人在那儿挣扎个什么劲儿！"

"就应该让她们知道，以后机器人完全可以替代她们去生孩子！一个个的都以为会生孩子是天大的本事呢！实际上根本没什么特别的。"

"但是如果女人都消失了，事情也确实不好办。"

"所以这不是在斥巨资研发人工智能子宫吗！"

会议室里的笑声，听得我整个人不寒而栗。

"不过听说这里出现了妨碍我们大业的女人？"

"既然这里是蔡社长负责打理的，那种情况就交给你来处理了。"

爸爸卑微地回答对方。

"绝对不能让韩国灭亡，要想办法增长人口数量。我正在努力打造这个世界，最终一定会筛选出各位想要的人送到你们面前的。"

筛选？就因为有可能会动摇他们的权力地位，所以要提前把我们都消灭？就因为不确定具体会是谁，所以干脆都杀掉？

我把这件事告诉了恩星。

"他们的意思是，1990 年出生的女人中有威胁到他们权力地位的人，所以才开发了可以改变过去的新药，来阻止她们出生。"

我俩震惊到一时谁都没有说话。

"他们还利用秘密资金开展了人工智能子宫的实验项目，以为能用此保持人口数量……"

说实话，这些事情光是转述我都觉得恶心无比，简直是脏了我的嘴。

"这不就是直接把女人看成子宫吗！努力生活的女人在他们眼里连机器人都不如。"

"他们可都是无比担心国家未来的大人物，所以咱们这种正常人很难跟得上人家的思想和行动力嘛。可问题是，他们这群人随时都有可能抛弃这个世界。因为如果他们在某个世界不能独占特权，他们随时都会毁掉它。"

我边说边叹了口气。

"他们居然一直都在和过去的势力联手。我真的不敢相信这是发生在 21 世纪的事。他们亲手把我们满心期待的未来变成了过去。我们应该密切观察他们的动向，他们有可能随时通过召唤过去，改变现在和未来的走向。"

是啊，实际情况就是倒退的现象一直都存在。这个国家直接无视人民对未来的美好期望，毫不犹豫地一步步向过去看齐。

就这么一个小国家，也不知道他们费那么大力气是要搞什么鬼。我突然想好好看看热闹。这种国家就算消失了，地球也还是会正常转动。他们不仅从未想过欢迎不同国籍、不同文化的人来这里一起创造多元的居住环境，反而还浑身上下都散发着渴望传宗接代的龌龊的优越感，甚至不惜拿民族主义做借口来美化他们的繁殖欲。活在这片土地上的人的生死，都被掌控在这些用父权制压倒一切的种族主义者和女性歧视者的手中。

"我们现在该怎么办？"

"也许他们随时都会抛弃这个世界，但我们并不会。这里是让我们再次重逢的世界，我们在这里创造自己的新世界吧。"

我看着恩星。

"那些可怕的事情就让它们留在过去吧。这里对我们来说，才是最初原来的世界。"

恩星笑着握起拳头。

"我们把所有人都叫上，一起去复仇吧！"

恩星这句话好像漫画主人公的台词，主人公性格有点软弱、有点小心翼翼，时而还会犯马虎，但是她仍然会选择去拯救地球。

我们拿出各自调查好的名单。

*

1990 年

"老婆，我又收到了奇怪的留言。"

下班回家后，必林给以英听了 BP 机收到的留言。那期间正是必林在制药公司挥洒热血、奔向康庄大道的时候。

以英和必林一起听了那段留言。声音还是上次的那个声音，但是要冷静很多，甚至还有些超然感。

"爸爸，我是真理，爸爸的女儿——蔡真理。那里的你还没见过我吧，应该也不知道我是谁吧？我生活的这个世界里只有爸爸和我，因为妈妈生下我之后，就去世了。"

说到这里她好像哽咽了，声音停了一会儿之后，继续说道：

"爸爸你还记得自己制定的家训吗？有福同享，有难同当。所以你很看不惯妈妈喜欢唱边镇燮的《罗拉》，你觉得'没有我的你将会多么孤单'这句歌词和家训不符。但说实话，你只是嫉妒边镇燮吧？因为妈妈很喜欢他。"

这个声音的主人甚至还知道必林求婚时的细节。

"爸爸曾经是真理烘焙店的老板，你虽然嘴上说着'个体户的人生时不时就会跌入谷底'这种话，可还是每天都朝着最顶峰的方向努力。奶油羊角可颂真的很好吃，因为你很舍得用黄油，所以面包店也总是赤字的状态。"

说话声音从这里开始变强了。

"爸，我比预产期提前两天出生，所以你总是说我性子急。我出生那天，你在公司忙到都没接到妈妈的电话，没能陪产这件事在你心里一直是个坎儿。所以你在那边陪着妈妈就好，如果让你选择妈妈还是我，你一定要选择妈妈。在这边咱俩一直都生活在一起，这对我来说已经很满足了。"

"如果你继续在 Authentic Genetics 这家公司工作，会亲手做出令人发指的事情。仅一年的时间，你就会杀死七万名女婴，甚至实际上可能比这还要多。你会带头去建立一个即使我们都消失了，也没有任何人会心怀愧疚的世界。我自己无所谓，但是我求你救救其他孩子。爸，求你亲手重建这个世界吧，重建所有人都可以健康、好好生活的世界……"

盯着 BP 机传声处，不知所措的以英和必林互相看了看对方。

"老公，你现在开发的新药叫什么来着？"

"酵母菌 X，可以识别出特定染色体的合成酵母。"

"这个研究，你可以放弃吗？"

必林勃然大怒。这个即将完成开发的新药搞不好可以搏一搏诺贝尔奖的！

"你瞎说什么呀，这可是斥了巨资的项目，再说我根本没有权力去中断它，这你不是都知道吗！"

"可是很多人会因为这个药而死啊。"

"老婆，这可是绝对的机密，本来我跟谁都不能说的。我们正在开发的是口服打胎药。"

"所以呢？"

"这个药可以非常安全地终止妊娠，是救孕妇的药啊。"

"可识别出染色体又是什么意思？"

"这个我不能说。老婆，如果我单方面拒绝做实验，不知道他们会把我怎么样。我只是个小小的研究员啊。"

"我看你高兴得很呢，还可以参与经营。留言里不是说你在 Authentic Genetics 做大事了吗？"

"要真是那样的话，我终身无憾了。"

"你还觉得这是好事？这通留言会出现，不就是因为你把局面折腾到了不可收拾的地步吗？"

"哈！我真的是……他们就要安排我做代表，我能怎么办！再说了我会做个好领导的。你知道我这个人是最有责任感的。没有责任感的蔡必林和僵尸没什么两样！"

以英用一种非常不安的眼神看着必林在那儿吹嘘。

几天后，必林的 BP 机又收到了一条奇怪的短信。

"以英，我是 2007 年的你。之后会有一个女孩给必林的 BP 机发消息的。这不是发错的信息，也不是诈骗。你要听那个孩子的话，并且按照她说的去做，这也会拯救你的未来。如果你选择无视这条求救信息，以后会一直活在折磨与痛苦之中的。"

以英怀疑是谁的恶作剧，还是谁故意做了变音。虽然有些尴尬，但听到自己亲自发来的信息后，以英更不能无视这件事了。

以英抓住了正要出门上班的必林。

"老公，我们换个方式生活吧。"

"你在说什么啊，我今天开会不能迟到。"

必林对以英说的话无动于衷。以英提高了音量。

"不就是因为你，才发生了令人发指的事情吗？你怎么能做到若无其事地继续生活啊？你这样的话，我没办法和你一起过了。"

必林深叹了一口气。

"老婆，你说的这是什么胡话？放弃这个项目的话，我们的房子怎么办？贷款又怎么办？你以为做个体户很容易吗？现在放弃，我们以后搞不好会过丢人的穷日子！"

"好，就算我们会过穷日子，这怎么就丢人了？正值大好青春的女儿联系爸爸，说哪怕杀死自己也没关系，只求救救朋友们的生活才叫丢人呢！明明已经听到了警告，还要走向毁灭才是真的丢人呢！"

必林沉默了好一会儿。

"老婆，你知道投资这个项目的那些人有多可怕吗？"

以英认真盯着他那不安的双眼。

"拒绝掉我们觉得理所应当的事，尝试一下我们从来没做过的事，好吗？这小小的动作说不定会改变我们的未来。"

以英是如此迫切。她也说不清为什么，自己是如此想拒绝那些已经做出的选择，想追求一下从未体验过的新事物，也想让下一代活在重新构建的世界里。

"再等下去，一切就无法挽回了。所以，必须现在就做出决定！"

　　两人在玄关处争执期间，又收到了一条留言。这次是 2007 年的必林发过来的。而且真的是真理烘焙店的老板——蔡必林的声音。未来的他和以英说了一模一样的话。听完留言后，必林双手抱头，瘫坐在地上。

　　此时突然响起了敲门声。

　　"请问是谁?"

　　以英拉开了玄关处的安全门闩，透过缝隙看到了一张面孔。

　　"请问这是崔以英女士的家吗?"

　　"请问您是?"

　　"我是 A 综合医院妇产科的医生，林珠英。"

　　"妇产科?"

　　"我收到了 BP 机留言，是我的女儿发来的，说让我来这里。虽然听起来有点奇怪，因为我现在是孕期四个月。"

　　以英请她进屋，然后和必林一起分别向各自的公司请了假。给林珠英留言的孩子叫恩星，她留言是为了帮蔡真理送信给过世的妈妈。信的内容和以英夫妻二人收到的留言别无二致。

　　三人把 BP 机放到桌子上，安静地望着画面里流动的数字——

　　8282 505 505 505 505……

　　505 就是 SOS，是暗示求救的信号。以英看着这串数字思考着，看来还有机会阻止这些事，两人的选择可以阻止事态恶化。说实话，以英完全无法想象必林做公司社长的样子，他们两人都是再普通不过的普通人了。他们只不过是在努力生活，竟然会成为悲惨世界的导火索。她也很难想象，自己的日常生活居然会引发滔天的罪恶。

　　林珠英看着表情复杂的以英说道：

　　"为了给恩星一份礼物，我一直都在写胎教日记。"

　　林珠英在胎教日记里写道：自己期待着即将和女儿一起迎接的这个世界。

　　"BP 机里的那个孩子是这么说的，她生活的那个世界也有一本妈妈的日记，所以才联系上了我。我感觉她应该是读了我的日记，这件事看来也不是恶作剧。"

以英点点头。这是警告，是防止他们日后后悔的警告。在他们会因无法忘怀而饱受折磨之前，因没能保护好孩子而遗憾终生之前发出的警告。也许这还是个机会，防止他们做后悔之事的机会，保护某个人的机会。

那一瞬间，玄关处又响起了敲门声。

"请问是谁呀？"

以英打开门后眼睛瞪得溜圆。

"我收到了信息，说是朋友们都消失了。"

"我女儿让我来这里，让我告诉你们不要轻易放弃。"

一个、两个、四个、六个……门口聚集了好多人，有即将临盆的产妇，还有老年男性。

"有个孩子让我来这里，说是让我帮忙阻止让她们集体消失的行为。"

"留言里说，一定要阻止开发出只杀死女孩的药，这是什么意思？可只杀掉女孩，这可能吗？这药是谁发明的呢？"

这些人连发信息的人长什么样都不知道，就跑到了这里，只为了保护她们。信息看起来有些奇怪，可他们并没有把它当作不明信息来处理，反而集体为她们发声。他们做不到无视他人的哀号，做不到眼睁睁地看着孩子们消失。只要还可以挽回，不管怎样都要收拾残局，保住孩子们……

那些思念至深的人和事

　　我又给爸爸发了一条长信息，然后回了房间。我的口吻很冷静，不知道有没有百分百地传达给他。

　　如果这次也还是毫无反应该怎么办？要找找其他机会、找找其他工具吗？难道要像玩黑白棋一样，不停重复同样的动作吗？

　　就在那一瞬间！又是那股震动感！和开学那天的感觉一模一样！我的心脏开始剧烈跳动！

　　眼前的场景正在发生改变，以前的那些记忆像走马灯一样又传回了我的脑海里。

　　"爸爸……！"

　　这是过去对现在做出的回应，这是另一个世界的我们做出的回应……

周围的场景完全变回了以前的模样。我站在一个陌生的地方，然后猛地拔腿朝学校门前的十字路口跑去。果然！真理烘焙店又回来了！

"爸爸！"

我打开门冲了进去，在厨房里找到了爸爸。他怅然若失地瘫坐在断了电的冰箱前，一脸天塌了的表情。

"全都没了，现在彻底完了。"

我上前一把抓住他的胳膊。

"爸，我相信你！"

爸爸看着我，叹了口气。那声叹气里，颇有让我走开的意味。我朝着爸爸蜷缩的肩膀，上去就是一巴掌！然后我打包了几个奶油羊角可颂，就出去了。

"你要去哪儿？"

"去找我的小伙伴们！"

那些思念至深、无比熟悉的人和事终于都回来了！

　　我爬上了隔壁社区的小山坡，好像前方有无数个看不见的脚步在拽着我往前走似的。不过确实有人在召唤我走这条路，就是那些即使不用油性笔写在手上，我也绝不会忘记的名字。所有的一切顿时都变得生动起来。

　　我看着隔壁社区的街景。曾经买过干面包块的超市、洗衣房还有文具店，它们一直都坚守在那里，好像永远都不会消失。正在洗衣房努力工作到汗流浃背的大叔，好像是那个防卫队大叔。

　　我又来到了艺俊家，站在他家的大门前，东张西望了好一会儿，还安安静静地看了一会儿围墙里面那个精致的小花盆。这风景不知道经历了多少时间的堆叠，总之和我上次来的时候已经截然不同了。玄关门上部连接着干净的红色屋顶，日照特别强的时候它可以起到遮阳伞的作用。院子里整齐地摆着三个野营用的小椅子。天气好的时候，他们一家三口可以坐在院子里整理花盆，闲聊一番。

　　"是谁呀？"

我低头问好："我是艺俊的同班同学，蔡真理。"

艺俊妈妈亲切地欢迎我："进来喝杯饮料再走吧。"

那一瞬间玄关门打开了。

"妈妈！"

还没见到人，就先听到声音了。艺俊要比玄关门高很多，所以出来的时候不得不低着头。

"艺俊……！"

"真理，你怎么来啦！"

我一时之间竟喘不过气，一把抱住艺俊差点号啕大哭。之前我那么千叮咛万嘱咐，他还是连招呼都没打就消失了，真想给他一拳！但是我已经练习了无数次来告诉自己如何淡定地和艺俊重逢。虽然声音有点发抖，可我还是努力稳定好了情绪，争取重现练习时的场景。最终效果并不完美，我尽量淡定地问道：

"没什么特别的事吧？"

艺俊有点无语地笑了笑："你来我家不就是特别的事嘛！"

我坐在他家的小院子里，喝着柚子茶。

"妈，这也太美了吧。"

艺俊看着花盆感叹道。艺俊妈妈却一脸淡定地说："看来我儿子比较适合进修美学啊。"

总感觉这句话里藏了一个很长的故事。

这一次我一定要做一个值得艺俊信赖的朋友，我要帮助我的朋友找到最适合他自己的风格。我会尽情称赞想活出自我的他。并且，这次不靠海拉，就用我自己的方式去支持艺俊。

我俩给花盆里加了点儿土，又闲聊了好一会儿。这一刻感觉我们的时间好像重叠在了一起。艺俊要和妈妈一起去逛街，我朝他摆摆手，转头跑去了海拉家。

感觉秋天一下子就来了，天有点凉飕飕的。我开始跑，但跑得并不快，在别人眼里我可能只是在快步走而已。

我跑得呼吸开始有点儿乱了。其实我最近经常跑来跑去。逃脱的时候、追别人的时候、寻找海拉和艺俊的蛛丝马迹的时候、心里觉得闷的时候……我都在疯狂地奔跑。

我曾经觉得这些奔跑到头来都是一场虚无，但至少在这一瞬间，我觉得它们还是有意义的。为了能走到这一瞬间，我吃了不少苦头。以后再向前奔跑的话，也许还会想起这一瞬间。每当我觉得一切没意思，想撂挑子不干的时候，都会想起这一瞬间。即使气喘吁吁，我也不会放弃的。

跑到海拉家的玄关处，我才开始慢慢调整呼吸。

"看来你是真的要报体育系呀。"

肩膀后方传来海拉的声音，我连忙转过身去，她就站在我身后，表情和递给我手绢那天的一模一样。这真的是久别重逢！这张脸我一直一直想念着！而且这份想念永远都不会消失。

我掏出一直以来都无比珍视的世界杯纪念款手绢，递给海拉。虽然这手绢一看就是便宜货，但上面满是我们的回忆。也正因如此，我们平凡的日常才会成为历史的一部分。

"我洗了两遍呢。"

海拉接过手绢，使劲儿闻了闻。

"嗯，有香香的味道。"

说完这句话，她晃了晃手里的黑色袋子，温暖又甜蜜地对我笑着。

"总感觉你会来，所以我买了两人份。我们上去吃炒年糕吧，再加点拉面。"

身处这些和之前别无二致的场景中，我的心才真正地恢复了平静，但突然又觉得有些委屈。

"为什么不给我打电话？不是说好了有什么事马上打电话的嘛！"

如果是平时，海拉一定会说"好肉麻，都起鸡皮疙瘩了"。果不其然，她开始嘟囔：

"干什么呀，肉麻得鸡皮疙瘩掉了一地。"

但这都是未发生这些事之前的日常。我听到她说肉麻，本来咧嘴大笑着，突然眼泪就止不住了。

"你怎么哭了？发生什么事了吗？"

看到我哭，海拉的眼眶都红了。眼泪里一定包含了某种可以传染的成分，如果是容易被传染的人在一起，传染速度就会更快。

"就算没有什么事，你也可以给我打电话啊！"

"你不是说就算是最好的朋友，也很讨厌每天都黏在一起嘛！你说需要适当的距离，我可是一直在配合你呀！"

"我说的是适当的距离！不是一定要保持距离！一定要保持距离的根本就不算是好朋友啊！"

我边哭边责怪她。

"你今天怎么这么唠叨啊！"

我抢过海拉的手绢擦了擦鼻涕。

"算了，这手绢干脆给你吧！"

我使劲儿抱住海拉。

"疼！"

这一次，就算你用手指着我让我先走，我也不会走的。就算你不停地说没关系，我也绝对不会轻易放心的。我会一直缠着你，没事的时候也会去敲你家的窗户，你家门前会有干面包块飞来飞去。你觉得生活苦闷的时候，我会递给你甜甜的羊角可颂。以后不管遇到什么糟心事，我都会和你一起面对。所以我希望，你也可以继续缠着我。

今天的阳光并不是很灿烂，天气也不算温暖，但我能感受到空气中飘散着一股甜蜜温暖的气息。

*

第二天一早，我正穿着鞋，抬头看到了摆在玄关那儿的"消灭诺如病毒功劳奖"奖杯。奖杯的设计，感觉比之前更华丽了一些。

玄关处还多了一些之前并没有的照片，不仅有结核、水痘、肺炎、脑炎这类义务接种的疫苗颁奖现场，还有新型大肠炎的疫苗授奖典礼。以前每年至少有两千名儿童因大肠炎失去生命，有了这款疫苗每年就可以拯救两千名儿童的生命。爸爸在的研究组并没有申请专利，而是选择无偿向社会公开疫苗的信息，所以拿到了功劳奖。玄关摆放的箱子里还有孩子家属的感谢信，他们在信里感谢治疗剂救了自己的孩子。不过奖杯上堆积着好多灰尘。

"哎哟，看看这灰尘，这奖都可以和诺贝尔奖媲美了，拿着去和全小区的人炫耀都不为过。每天都要擦得干干净净的才是啊。"

我用纸巾擦了好多次后，朝爸爸喊了一句："我去上学啦。"

松林高中又变回了男女合校，感觉班里比之前宽敞了许多。我看到了桂修的背影，他正和闹哄哄的同学们一起乘着电梯。桂修比之前更爱开玩笑，学校里的无障碍区域好像也比以前多了。

不过也有没能回来的人。比如钟赫，他还是和以前一样讨人厌。勋宇在教室后方，嘴里依然重复着什么关于"女朋友外表的马其诺防线"之类的让人无语的话……

"欤，欤，这个世界可不是你们这些丫头片子说了算的……"

难听的话依然随处可以听见，我选择无视，但无奈说话的人还是那么过分。

海拉、艺俊和我一起创办了世界民族服装研究社团，我们准备了苏格兰的传统短裙，打算展示给那些认为裙子是女性专属服装的人。我希望亲手打造一个艺俊也可以自由自在穿裙子的空间，就像恩星用裤子建立校服界的新秩序那样。

男生们基本都记得我们，但也有那么几个人不认识我们。我注意到了几个高二开学时没见过的陌生面孔。

"你好，我是蔡真理。"

"嗯？干吗突然这么正式地打招呼？"

脸上挂着社交式微笑的我盯着对方，她的校服外套上绣着没见过的名字：金雅妍。我从来没见过这个人。看到雅妍脸上的笑容逐渐消失后，我才反应过来，自己不走心的笑可能让对方不太舒服吧。我紧急调动大脑里的记忆，这个人我明明第一次见，但是她认识我。

她应该是有自己的次元世界，且在她的记忆里，我本来就是不记得她的状态。如果她是从另一个平行世界穿越过来的人，那我真的想听听她的故事。也许我们是因为她的邀请才重新回到这个世界的。

我正蒙的时候，看到了雅妍的后背，她的肩膀非常挺拔，她好像离我越来越远了。

"等一下！"

我跑过去抓住她的手臂。

"不好意思，我好像得了记忆延迟症。"

雅妍的表情从皱眉转为惊讶。看来我们确实没有回到原来的世界，这里是另一个新世界。我一直说想回到原来的世界，实际上我想在更好的世界里生活。以后肯定还会有这样那样的问题，我会一个一个去解决的。如果这世界需要新篇章，那就从我的生活开始吧，我会用我的人生去接住那些新的回忆。

"雅妍，我想听听你的故事。"

勋宇和智妍没能回来的这个世界，也有它自身的问题，说不定还会产生很多新问题。看来这里也不是天国，但我会付出一切，去把它变成属于我的世界。

两个人

　　现在我们会定期在海拉家聚会。我和海拉会把艺俊的脸当作画布，在上面化妆。我俩超级认真，这么化下去都能做职业化妆师了。不过，我以前还真不知道化妆是件这么累的事儿。化一次下来，整个人会腰酸背痛、汗流浃背。即使很累，如果用心化妆可以给某个人带去幸福且又能赚钱，也不失为一个好职业。

　　之前我们还想把网上的那些外国变装爱好者视为榜样来着，可是他们近期的风格有很大的变化，我们只好打算自己给自己做榜样了。如果没有一模一样的先例，就只能自己开启先例了。当然，这并不需要做得多夸张，我只想创造出一个可以让艺俊爱上真正的自己，以及我们所有人都可以从中获得满足感的先例。

化完妆后，我们会挑一个好的角度自拍几张，然后上传到个人主页里。当然，恶评是少不了的。有人留言问我们是不是要取悦谁才化妆的。喊！我们明明是为了展现真正的自己。不过不管怎么解释，那些沉浸于给别人恶评的人，都是无法理解这些的。

"一看到不同之处就上去指手画脚的人，我希望可以下一道让他们闭嘴的行政性命令。明明大家都被封锁在这个世界里，为什么他们总是要强制别人去过更封闭的生活？"

"因为他们不甘心只有自己被封锁着。"

"这些话听起来让人心累，实际上也没有任何力量。想想看，没有人会把厕所墙上的涂鸦当作自己的人生格言吧？"

不过，这些让人听了变得畏首畏尾的话，压迫的不只是艺俊一个人。我们不是也一直在被要求磨去棱角吗？到处都能听到把我们困在原地动弹不得的话。

经常笑会被说成是轻浮，舒舒服服地坐着会被认为不够端庄，行为举止自由一些会被说成是不正经，长得不够漂亮又会被认为没有价值。总之，哪怕和某个人定下的标准相差只有一分一毫，都会被蔑视；只有用力去迎合社会的准则才会被认为是正常。这些人应该是希望所有人都穿同样的衣服，摆着同样的表情，成为清一色正经且乖乖听话的人吧。

很多人会说，现代社会中，女人的处境已经比朝鲜时代或女人无权参政的时候好很多了，那时候的女人都是赤裸裸地遭受非人的待遇。可我觉得现代社会的女人只不过是换了种方式在承受这一切罢了。

网络世界比现实世界还要狭隘。我们甚至都搞不清被排除在外的人到底是谁。我们每次被恶评伤害，都会反过来很同情那些写恶评的人，他们的人生已经在恶评里停留到长满了霉的程度。他们不仅不懂得创造新的规则，而且连做梦都没想过有创造新规则的选项，一生就被封锁在自己那个贫瘠的次元里，真可怜。

"我们的抗压能力应该再强一些，那些会在网上破口大骂的卑鄙小人，其实只是在广而告之他们除了写恶评，什么都不会做而已。"

海拉和艺俊对我的这番话竖起了大拇指。我最近总是在思考，如果是海拉的话她会怎么说，不知不觉我的表达方式就逐渐和海拉的靠拢了。

让艺俊觉得无比孤独的世界，对我来说也是孤独的。哪怕是为了自己，也不能让这个世界就一直这么糟糕下去。要想自己可以过上幸福生活，就更不能对别人的事情置之不理了。

我们需要更多的武器，以及发出更多的声音。

"对着因痛苦而悲鸣的人说'吵死了'，不就是让对方安安静静去死的意思吗？这么可怕的话，怎么可以张口就来。"

"这世界上误以为'作恶代表强大''善良代表软弱'的人太多了。要是给我发一个可以公开蔑视此类人的证书就好了。"

"不行！万一去领证书的时候，发现他给你的是'体验无间地狱'的证书该怎么办！"

"哈哈哈哈哈。"

"欸！有隔壁学校的变装者找你！"

我带着海拉去找恩星她们玩儿。穿着不同校服的两拨人坐在一起，开心地吃着炒年糕。她们说东英女高的教室空间也变大了，并且也有同学像智妍一样，最终没能回来。

"她是不是双胞胎之一？"

海拉就是这么有眼力，她见过恩星两三次，就感受到了恩星的不同之处。这么看来，恩星在田径队和在漫画社团的样子，确实不像是同一个人。

"我第一次见到她，也以为她有多重人格，一个人怎么会同时拥有那么多项才能呢，她可真是个八方美人[1]。"

"不过'八方美人'这个词也蛮搞笑，拥有的才能那么多，为什么就只强调美貌啊？"

海拉上次把"猫爪子"改成了"猴子的舌头"，这次又开始研究四字词语了。

---

1 八方美人 (**팔방미인**): 韩语中的一种表达方式，形容性格八面玲珑的人或是无所不能的全才。

周末晚上，我和海拉约好了一起去恩星家。现在家里的 BP 机和冰箱都没办法联络过去了，所以我想确认一下她家的通信工具还能不能用。

已经到她家附近了，路灯前方有个人影。等我看到了她家的玄关门，恩星就站在门前等我们。

"恩星……"

我刚要挥手和她打招呼，突然路灯下的人影轮廓从一个变成了两个。

"怎么了，真理？"

我和海拉打了个手势，示意她先不要出声，然后拉着她一起藏到了胡同内侧。

"那个人要取代恩星！"

我扫了一眼胡同周围的情况，最后捡起几块石头握在了手里。

"她马上就会把恩星杀掉！明天开始恩星就会变成另外一个人！"

海拉放下挎在肩上的书包，把书包带一层一层地缠在手上，摆好随时要挥包打人的姿势。

"就是现在！"

我俩交换了一下眼神，迅速向胡同外跑去。

"你们这是要干什么？"

胡同前方站着两个恩星。

"恩星！她要杀掉你！"

"嗯？谁杀掉谁？"

她们两个人连笑起来都一模一样，真的很难分清谁是谁。我缓缓放下握着石头的手。

"我点了两只炸鸡，四个人应该足够了吧？"

"四个人？"

我和海拉跟着两个恩星，一起回了她们的家。

"我不是问过你，她是不是双胞胎之一吗。"

海拉吐槽了一下没有眼力的我。她俩的房间风格截然不同，但她们共享同一个身份。确定这里不会发生杀人事件后，我的心才安定下来。可知道真相后，我又挺伤心的，勋宇要是也可以以这种方式活着就好了。

"你们俩谁是姐姐呀？"海拉问道。

"她总说自己是姐姐，其实我才是真的姐姐。"

"那是因为她总想当姐姐，所以就让她当了，按顺序来讲我才是姐姐。"

"哈哈，明明是双胞胎，却只有姐姐。"海拉被逗笑了。

我来回看着两个恩星。相比一个活人和一具拥有相同 DNA 的尸体，我希望能有更多人可以像她们这样以双胞胎的形式活着。

"炸鸡也都处理干净了，我来讲一下我们的计划，希望你们也可以和我们一起实施。"

两个恩星用一模一样的表情看着我们。

几天后，媒体播出了"克隆人杀害被克隆人事件"的新闻报道。

"大家还记得发现与活人拥有相同 DNA 的尸体的事件吗？不久前，曾出现过演员 K 的尸体被发现后，随即其本人又在家中召开记者会的事件。现如今，网络上已出现了多条有关当事人生死状态的举报信息。"

网络博客的那些帖子里，包含了主张存在专门制造克隆人的实验室的阴谋论，并且还公开了以此来筹集秘密资金的企业和名人的名单。以做假账和避税出现问题的公司为首，被称为"黑色联络"而受到批判的势力也在其中。

帖子里有很多来自熟人的举报，包括发现了与活人 DNA 一致的尸体、人看起来一模一样却性情大变等异常的情况。虽然也有几条关于"双胞胎或克隆人的指纹不一致""克隆人也不可能做到 DNA 完全相同"的留言，但举报还是占大多数。

警察也对此展开了集中调查。关于实验室的地址，他们没有找到明确存在的线索，但至少那些杀人犯暂时不会兴风作浪了。我们给所有杀掉本人的冒牌货刻上了挥之不去的烙印。那些帖子都是我们上传的。

那是不是可以放宽心生活了？还早着呢！

我又想起了勋宇和钟赫，我一定会把所有事情都揭发出来！用着勋宇身份的躯壳夺走了我视为珍宝的人，还犯下了一些罪行。我绝不能让他就这么白白享用勋宇的身份。

*

我和海拉从读书室出来，踏着夜路漫步。

海拉和我说，不久前她冷静地和父母谈过。

"我问了爸爸妈妈，有没有因为老三也是女儿，就直接想过不要这个孩子。"

被最亲近的人否定，真的特别不好受。生气的同时，可能也会不知所措。

"大家都在假装什么事儿都没发生过，可我觉得应该有人告诉他们，做人不能这样。既然我已经回来了，是不是应该站出来发声才是？"

我点点头。

"被打掉的女胎可是足足有七万个。"

不知道是因为云多还是大气污染，今晚的天空有些浑浊。越过这片天空后，一定会有星光在闪耀。虽然我们在这里看不到，但是一定会有的。

这一瞬间，我觉得自己好像穿过多重次元才来到了这里。近距离观察他人，仿佛我也在经历她的人生似的。有种我们本来各自都生活在自己的次元世界里，却一起穿越到新次元世界里旅行的错觉。

未来我也想在海拉身边，欣慰地看着她过着幸福生活。和她一直做朋友，如果她和家人吵架了，可以随时过来找我。我的愿望应该可以实现吧？我们会一直生活在一起吧？至少我们活着的这期间，世界应该不会毁灭，对吧？

"你想好选什么了吗？"

回答海拉之前，我先思考了一下别的问题。

"嗯……"

对我来说，到底生活在哪里才是最幸福、最安全的呢？和谁在一起我才能兴奋地展开下一段冒险之旅呢？在哪个地方生活才能让我引以为傲呢？我边苦恼边回答道："你选什么，我就选什么。"

海拉咯咯咯笑得鼻音都出来了。

"喂！我今年可是要转方向的。你应该死守理科才是。我要是转去做艺考生，你就更应该坚守实用路线。

谁都不知道这世界以后会变成什么样子，如果这个领域不行了，至少还有那个领域。咱们只有两个人，但也得把握好平衡不是，绝不能一起完蛋，你说对吧？"

我希望哪边都不要倒，大家可以一起共存。不过维持好平衡一起面对生死的关系，好像也不错噢。

我现在就开始舍不得毕业后要和海拉分开了。今天一起回家的这段时光，日后也会成为令人怀念的回忆吧。和海拉分开后，如果我在新的地方遇到另一个心灵相通、可以向其敞开心扉的人，我应该会回想起海拉。海拉会成为我交朋友的标准，以后不管遇见谁，只有做到海拉这样才能成为我的朋友。

无论何时我们都会互相救赎，都会想一直生活在一起。无论我们身处何样的未来之中，我都想一直和她保持联系。一直保持联系的话，我们就依然是我们。

我们从一出生就经历了集体性的死亡，在"也许我们早就没命了"的恐怖笼罩之下开始了人生。我和海拉可以再次重逢，是因为前方有太多人为我们做了垫脚石。有像恩星一样，把令人发指的未来告诉过去的人；有像恩星妈妈和我的父母一样，愿意侧耳倾听来自未来的人的故事。我一直坚信我们之间是有连接点的，以后也会坚信这一点。尽管妈妈和其他人都已经离开了这个世界，可我继承了他们的故事。我们是如此地生活着。

并不是所有人都对和女性身体有关的事漠不关心。这世界会因为女性的身体而一直斗争下去。

在这个把我们抹去的国家，

我们要铭记每一个被抹去的人，

直到我们人生的最后一刻。

尾声

爸爸很难重新开启日常生活，他一边为失去的事物感到痛心，一边又无比害怕被人报复。看来还需要一段时间，才能等到奶油羊角可颂的回归。

我们放了寒假，总统大选在这个时间点一同展开。这预示着世界将有些改变，就像电影预告片一样。讽刺的是，我没觉得这个世界是天国，也丝毫感受不到日后会有夹杂着希望的变化。毕竟日渐崩坏也是一种变化。我喃喃自语着，像是觉悟到了什么。

2007 年真是格外多灾多难的一年，不仅仅是对我，对所有人都是这样。

今年 10 月，总统经陆路访问了朝鲜。大家都说这是喜闻乐见的事件，值得被载入历史教材，可我却觉得这只不过是一个枯燥无味的新闻报道罢了。过段时间，这件事会被载入历史教材吗？这么枯燥的新闻看得我眼睛都变得干巴巴的，我换了一个频道。如果以后有人问我："目睹此情此景，您作何感想？"我会毫无感情地回答："这就是一个很普通的新闻啊。"

一个被载入史册的瞬间，就在我眼前平静地展开了。我的日常生活中就包含着历史性的瞬间，而历史性的瞬间也终究会成为日常。

同年的12月，一艘名为"三星1号"的起重船在忠清道海域里发生了冲撞事故，导致停泊轮船原油泄漏。每次看到惨烈事故，我都会心惊胆战。会担心这件事是不是谁计划好的，会不会现在依然有人在筹集秘密资金做实验。我实在做不到一直看着淋了黑油而死的小鸟的照片，自然也没办法一直去想象这些事。

年末的时候，总统大选正式开始了。大家很明显是期待的，没有一丝虚假的成分，都包含了迫切的真心。最后被选为做国家领袖的人是教会长老出身。他向大众自称是神的替身。他说所有祈祷的人都会收获福气，所以让大家都闭上眼睛祈祷。所有人都希望自己可以有个好福气。可如果这福气的份额是固定的，神又该怎么分配呢？

人们的欢呼声里只有焦虑和不安，就像灾难电影里平静的开场白。那些研发人工智能子宫的元老虽然暂时躲了起来，但他们依然在进行对自己未来有利的绝密项目。他们现在也许正在某个地方与过去和未来的势力狼狈为奸，蠢蠢欲动着。

我们曾死过一次的事情已经结束了吗？并没有。如果这个世界依然只对特定性别、特定势力有极端倾斜，那无论何时都有毫无对策的人会消失，只不过事情会有不同的伪装罢了。

2007年就这么过去了。天气预报里说，受全球温室效应影响，今年冬天会比往年温暖一些。冬天的气温在三十年内上升了2℃左右。首尔冬季的气温预计会在零下4℃左右，比往年高出0.5℃。就算全球变暖，温度依然是零下啊，所以高三这年的冬天也还是蛮冷的。地球都还在缓慢地加温着，我们周围却还是有很多停滞不前的事。我依然小心翼翼地活着，依然每天都在后悔，依然被自己的失误包围着，失误的程度之高连我自己都会吓一跳。这些瞬间已经多到快成为我的日常了。有时候我也会去思考，像我这样的人，到底什么时候才会长大呢？

爸爸就他新开发的面包做了一番说明，他时隔很久才从自己的房间出来，他现在的发型就跟鹊巢一样。最近我都分不清我家厨房到底是烘焙室还是实验室了。

"这是一款美味又实惠、保质期又长、营养又丰富的面包。"

爸爸激动地展开了说明，那架势好像他要把食材和食谱送到非洲拯救人类似的。我又学着搞笑漫画里的场景，把眼睛拉成一条缝盯着他。

我尝了尝刚烤好的面包。面包味道不是很甜，有种蛮健康的感觉，要细嚼才能领会这款面包的美味。看来爸爸这次是打算用另一种方式对世界负责了。这个决心本身还是蛮甜的。

高三新学期开始了。不过现在还不能称为春天，因为实在是太冷了。我在学校门前的十字路口和爸爸道别，各自开始新的一天。

"我去上学啦。"

我用慢跑的方式来打破冰冷的气息，夹杂在空气里的雾霾也一并飞了起来。我把眼睛闭得太用力，都流眼泪了。阻挡灰尘进入眼内是一种本能反应，所以说人哭的时候不一定就代表悲伤，而悲伤的时候也不一定就会哭。

一大清早，我就跑得上气不接下气的。跑到气喘吁吁了，就给自己再加把劲儿。跑步的时候，人的精力全都集中在跑步本身上，其他的事情一概想不起来。我感觉自己可以一直这么跑下去。

晨间风景一股脑儿被我甩在了身后，没有在我视线中停留。被甩在身后的风景里，流动着身处不同次元的世间万象。我跑得有多快，风速就有多快。在我决心停下来之前，随时都可以送别这些风景。至少在奔跑期间，我可以决定这些风景离开我的速度。

传说冬天出生的孩子是不怕冷的，可传说只是传说罢了。即使不是寒冬腊月，我也还是很怕冷。但我也不抗热，真是太冷会瑟瑟发抖，太热会喘不过气。天气凉爽我会觉得很可惜，因为一年中天气凉爽的时间太少了。阴天我也会觉得可惜，阴沉沉的早晨感觉无法开始轻盈的新一天，而度过黯淡无光的白天后，晚上又会备感凄凉。反正我总是被各种各样无可奈何的问题搞得晕头转向。说实话，归根结底还是因为让我觉得舒心的瞬间都太短暂了，而且我都是在事后才意识到那个当下有多舒心。

今年是我作为未成年人的最后一年。十多岁的这段时光，其实过得蛮郁闷的。二十多岁、三十多岁会变得不同吗？四十多岁、五十多岁情况会好转吗？六十多岁、七十多岁的时候呢？要到什么时候，我才能领悟专属于自己的幸福法则呢？现实是，我可能永远都无法领悟，并在无法领悟的状态下与幸福法则擦肩而过，甚至连擦肩而过这件事都意识不到。人生不就是活得越久，越会发现世界有很多阴暗面吗？

问题本身不够明确的话，就永远都不会有正解。每当因为这一点心累的时候，我就会回想那些我经历过的场景。为了活出自我而努力奋斗的朋友，敲着我的肩膀大笑的瞬间；朋友提着装在黑色袋子里、没落下我那份儿的炒年糕，脚步匆匆向我走来的瞬间；身处两个不同次元，却以同一个身份活着的朋友帮我送信的瞬间；我大声求救时，妈妈、爸爸和朋友们，甚至连素未谋面的人都跟着我一起大声求救的瞬间；那些所有的决心里都有我存在的瞬间。明明有无数种可能性，这个世界发出的呼声却是那么一致。如果是在这样的世界里，哪怕没有明确的答案，我好像也可以再坚持一下，也可以接受自己作为这个世界的一部分生活下去。

我和海拉曾一起计算过大家无法重逢而离别的概率。如果每天的死亡人数是 500 名，那每个小时的死亡人数就至少有 20 名。也就是说，就算在这么小的国家里，每天也都有人在与某个人永别。我偶尔会想起妈妈、智妍，还有那些早早就已经离开了的人。虽然只是偶尔，但会有某个瞬间特别悲伤。然后这个无形的悲伤接力棒就会被传递下去，传给某个地方的其他人。一个人很难承受得住这么重的分量，我坚信这些悲伤是大家在共同分担的。

对发生在他人身上的事情，我们绝不能事不关己，高高挂起，应该去追究，去铭记。

在某个人的梦想上加入我的梦想，把个体无法单独完成的事情一点点连接起来，我们就会到达那个接纳我们梦想的地方。

经过了四个次元世界——我和爸爸一起过着朴素生活的世界，妈妈活下来的那个世界，爸爸突然变成有钱人、朋友们都消失了的那个世界，我们一起改变了过去得以再次重逢的世界后，我明白了一点：无论过去还是未来，世界永远都在流动。它永远蠢蠢欲动着，包括当下这一瞬间。

我希望世界最起码可以允许我们去爱原原本本的自己，直到我们真正长大为止，可以自救为止。

到了那时候，我应该会成为跟之前截然不同的更好的人吧？就如世界时时刻刻都在流动一样，人也是无法定性的存在。人类会一点点慢慢地变化，也会突如其来地变化。不过无论如何，我都应该学习一下群体生活的方式，毕竟这里是大家一起生活的世界。

海拉和艺俊在校门口朝我挥手。看到小伙伴们后，我调整了呼吸，放慢了脚步。我想把他们站在那里的瞬间刻印在回忆之中。

"真理！"

海拉挥着手叫我的名字，艺俊在旁边笑着。我看着海拉的脸庞也不由得笑了起来。海拉呀！我们之间的缘分好像真的是命中注定的。

走向你的这一刻，我清楚地看到了一条把你我连接为一体的线。我想象我们一起走过的瞬间，你的旅程与我的旅程相遇，终于变成了我们的旅程。我们各自经历过的世界终于融为了一体。我们把那些一起创造出的瞬间，还有即将开启的新瞬间都合并到一起，去创造只属于我们的新世界吧。像第一次遇见一样，像再也没机会发生一样，我们去拥抱当下这个瞬间吧。

我们是目击者，是幸存者，是通信使者。同时，我们还是探寻人们无法触及之地的冒险家，是不相信逆乌托邦结局的乐观主义者。我真的很好奇，未来我们会成为什么样的人。

我朝着还未经历过的瞬间走去。我擦擦汗，调整了呼吸，大步流星地朝海拉走去。海拉又把手绢递给了我。

"我们是不是也要跟着你一起跑啊？"

我走向的那个世界，有"我们"，有回头就能看到的用笑面迎接我的朋友们。这条隧道虽深如渊、暗如井，但在对面迎接我们的，一定会是光明！

我和共同努力创造了新世界的朋友们，一起横穿了操场。

风中还有一丝凉意，但我知道春日即将来临。

后记
作家的话

如果身处不被尊重的环境，那再怎么努力尊重自己，好像都是无用功。对于这一点，我深有体会。我知道被视为透明人是什么感觉，我也知道被当作醉汉可以肆意拳打脚踢的电线杆是什么感觉。如果一直活在被他人集体性的无视当中，想要做到自我尊重真的难上加难。

在日本的便利店和餐厅工作时，就是这种感觉。做清扫工作、做夜间兼职时，就是这种感觉。不论工作时间有多长，按小时支付薪水的工作都难以支撑日常开支。任谁看，我都是个毫无购买力的穷人。每次

路过百货商店，我都会被当作空气。对处境如此窘迫
的我来说，成为一名作家是一种奢望，需要付出不小
的代价。存在感低的原因有很多：我是日语说得磕磕
巴巴的外国人、我是韩国人、我是年轻女性、我是做
杂活的人……也许是这所有一切的总和。但我并不想
拿这些理由当借口，并不想装作没有歧视这回事，若
无其事地继续生活。日本存在外国人歧视、性别歧视、
职业贵贱歧视（韩国也有学历歧视、地域歧视、出身
歧视、居住环境歧视）现象。我曾努力回避这些确实
存在的歧视现象，因为如果不刻意回避，日常生活很
难继续下去。在这种环境下生活，只要稍有不顺我就会
责怪自己：是我不够成熟、是我无知、是我太笨拙了。
我把错归结为自己的问题，而不是环境，这让我饱受折
磨，也远超出了我的承受极限。长此以往，我开始担惊
受怕，害怕有一天，连自己都会放弃自己……虽然人
一生会有无数个难关，但在我看来，三十岁中期是最
让人提心吊胆的时候。多亏了亲友的陪伴，我才得以
渡过难关。

　　人的存在价值，和这个人的职业、实力、人格、性别、学历、国籍等因素都无关。我们的身份很大程度上都是偶然所致。我作为韩国人、作为女性出生就是一种偶然。在日本生活时，因为是韩国人，所以不和我说敬语也是一种偶然。在父权制主导的社会中，因外国人、女性或所属派系等而被认为是非主流群体，也是一种偶然。拿着最低的时薪做讨厌的事，即使每周工作"120"个小时也还是无法活得有个人样，也是一种偶然。我只是恰好生在了劳动价值不被认可、劳动者得不到尊重的地方罢了。我只不过恰好是个穷人，拼死挣扎后变得更穷了而已。神奇的是，无论是物质还是精神方面，贫穷都能使人被孤立在外。所以我才偶然地成了被抹去的存在……

　　对于人类在刹那间被抹去的场景，我感到十分恐惧。全世界因新冠肺炎疫情而失去性命的人，死于暴力和自杀的未成年人、女性和老人，未能得到及时救助和治疗而死去的人，在没有安全装置的现场工作而意外伤亡的人，明明是"约会暴力"的受害者却遭受指责最终凄惨死去的人，在这一瞬间悄无声息死去的人……这些并不能被轻描淡写地归结为"别人的事"。我会害怕，是因为这些事也有可能会发生在我自己身上。我能免于一死、还活在这个世界上，也只不过是偶然罢了。我既感到庆幸，又深陷无力和悲伤。

　　这本书于2022年2月出版，恰逢韩国大选之际，可大选议题中丝毫不见女性议题的踪影。好像这个社会从一开始就没有女性群体，女性相关的议题史无前例地被抹得一干二净。可即使抹去了占世界一半人口的群体，这些政客依然得到了选票，依然站在可以制定政策和制度的位置上运筹帷幄。他们将世界变得一片祥和，好像从未考虑过被抹去的女性群体，女性问题在他们那里从来就不存在一样。一片祥和，只不过是毫无道德的幻觉罢了。所以我们绝不能自我降低存在感，即使实施起来属实不易，我们也要勇敢地站出来，绝不能让这些人轻易得逞。

　　我希望可以借作品隐喻那些被抹去的存在，所以在这部小说里再现了一个"被抹去的世界"。

　　其实在创作过程中，我一直都很谨慎。我是一名三十多岁的女性，而本书是由十七岁的主人公用第一人称叙述的。由于我并不是 20 世纪 90 年代出生的人，所以编辑们在审稿时也格外用心。提到这一点我又想到，我们在讨论某个问题时，总会把关注点都放在当事人身上，总会将受害者孤立起来。我认为我们应对他人身上发生的事情感同身受才是。不同年龄、立场的人，带着不同的观点联手聚焦于同一问题时，也许就是一个新的开始。

　　我把维持日常生活很不容易当作借口，一直都活得很狭隘。可即使处于同一窘境，依然有人在为了改变世界而作斗争。我非常感激那些为了下一代能够过上幸福生活而鼓起勇气的人，尤其是现在正在努力改变世界的二三十岁的女性。作为稍年长一代的我，没能站在她们前方挺身而出，对此我深感羞愧。正是她们给了我创作小说的勇气。将他人给予我的安慰，通过文字的形式给予回馈的过程并不容易，我也希望我的作品可以带给某个人勇气和慰藉。

即使被抹去也坚持活下去的人们，为了避免世界变得更糟而拉起警戒线的人们，在自己的工作岗位恪尽职守的人们，人数比想象中的还要多的我们这个群体，未来还会日益壮大的我们这个群体，作为其中的一员，我祈愿以上所有人平安。我还会借旧时的求救信号"505"来祈祷，无论何时何地，无论身处何方，希望所有人都平平安安。

本书是我的第一部长篇小说，从开始执笔到最终出版，过程中处处充满了挑战。感谢一直以来都坚定地支持我、陪我一起面对困难的文化和知性社[1]。

---

1 文化和知性社：出版本书的韩国出版社。